d'aujourd'hui

collection dirigée par
Jane Sctrick

PRINCESSE D'AILLEURS

CATHERINE ENJOLET

PRINCESSE D'AILLEURS

roman

PHÉBUS

L'ÉDITEUR TIENT A REMERCIER
BLANDINE DE CAUNES
QUI A ATTIRÉ SON ATTENTION SUR CET OUVRAGE

Illustration de couverture :
Photo Édouard Boubat
Paris, Jardin du Luxembourg

On n'est pas de son pays,
on est de son enfance.

SAINT-EXUPÉRY

I

J'ai l'habitude de mourir. C'est la vie. Je garde toujours le sourire. L'existence m'a prévenue dès le début, au plus loin que remonte ma mémoire. La première fois, pourtant, cela surprend.

– C'est normal, affirme l'infirmière qui règle ma tente à oxygène. Elle est trop belle, c'est un ange, elle n'a pas sa place ici-bas.

J'ai deux ans. Pour un peu, devant moi, elle se signerait, elle lève les yeux au ciel, cela lui évite de voir le regard de la mère qui la mitraille. Pas ma place ?… J'aurais peut-être bien fait de la croire. Ma vie commence par la mort. Enfin, par son combat. J'expérimente le mécanisme de l'existence. La grâce est dans la simplicité. Voilà. Il y a bien la grosse surveillante qui arpente, les poings sur les hanches, et confirme que ce sont toujours les meilleurs qui s'en vont, une auxiliaire martiniquaise qui explique que c'est mieux comme ça puisque la vie est une vallée de larmes… mais là, ce n'est pas sûr. Il y a des débats parfois essentiels qui vous échappent. Tout le service s'en mêle. Cela rompt le silence, la monotonie des longs couloirs blancs où des silhouettes glissent. Les infirmières s'amusent. Derrière leur chariot, les aides-soignantes ironisent, se tapent sur les cuisses. Faut bien rigoler ! J'étouffe. Il est urgent de rétablir le calme et l'auxiliaire gronde dans le couloir :

– Assez crié ! assez crié !

Elle hurle :

– Vous allez réveiller les malades !

Sans ballon d'oxygène, je ne peux pas vivre. Là-dedans, je suis comme dans le ventre de ma mère. A l'abri. Derrière le mur de verre, il y a la vie. La peur. Ma gorge se serre. Je suffoque. C'est la terreur. Ma mère, elle aussi, a peur, elle a besoin de moi. Elle m'appelle. Je ne sais pas quoi faire. J'ai la tête dans ma bulle de verre, j'entends à peine. C'est ainsi, d'ailleurs, que j'ai avancé par la suite dans la vie : ce n'est pas facile mais cela protège. Ma gorge se serre encore. Je m'affole. Ma mère veut que je vive mais elle ne me laisse pas d'air pour respirer.

Donner la vie n'est pas assez. C'est ce que ma

diphtérie essaie de lui expliquer puisque je ne peux pas parler. Les maux s'y mettent : j'étouffe. Il s'agit de comprendre et vite. Je ne peux pas vivre. Je ne peux pas mourir. Mon corps s'épuise, se débat, demande grâce. Tout va se jouer. Ma mère, pour le moment, ne respire pas mieux que moi, elle ne sait quoi dire, elle aussi se sent traquée. Perdue. Elle susurre. Elle promet. C'est l'instant ou jamais. L'infirmière tout de même est pâle. Je respire ou je ne respire pas ? Elle me parie déjà au paradis. Cette fois, je réagis. Ma mère et moi, on a dû faire un pacte à ce moment-là. L'infirmière, sans doute, a compris, elle nous a regardées de travers. J'ai dû la décevoir : des anges, elle n'en voit pas si souvent. Si belle, si sage et qui souffre en silence, irréelle dans sa bulle. Une image ! J'ai dû la décevoir, oui, quand au bout de quelques jours le chef de service a supprimé l'assistance respiratoire. Voyons !… L'hôpital des Enfants Malades me reverra. Il faut, pour le moment, que je respire. Seule. Je n'aspire qu'à cela. C'est, paraît-il, à la victoire de ce premier combat que je dois aujourd'hui d'être là.

II

Avant d'être un ange pour l'infirmière, j'étais une poupée pour ma mère. J'ai déçu l'une en choisissant de vivre, l'autre en commençant à parler. Depuis, je passe mon temps à m'excuser. Sauvée de son carcan de verre en quittant l'hôpital, la petite fille, merveilleusement, s'est réveillée. Je parle couramment, ma langue, par enchantement, s'est déliée, je raisonne même. A deux ans. Ma mère ne devrait pas s'étonner. Les mots vont m'être utiles. Magiques. Ils peuvent me faire vivre. On appelle les voisins qui attestent du prodige. Une poupée qui parle ! On m'emmène chez les commerçants : Allez, vas-y !

J'y vais. On m'appuie sur le ventre et je débite sur commande. Je surprends. J'enchante le boucher. Le bougnat. Tous les primeurs de la rue Mouffetard. Encore une fois j'étonne. On rit. Je recommence. A chaque pas de porte, on m'arrête.

Belle et intelligente ! Ça promet ! prophétisent, l'air de s'y connaître, les voisines. Ma mère est fière mais ce n'est plus pareil. Peut-être s'inquiète-t-elle. Voilà que je me mets à parler. A exister. A conter. En fait, elle n'avait pas voulu d'enfant. Elle n'en demandait pas tant. D'ailleurs, elle n'avait pas d'instinct maternel. Que pouvait-elle y faire ? Elle avait voulu une poupée. Dans son ventre déjà, elle l'avait commandée. Prénommée. Le ciel avait été remercié. Moi aussi. J'étais prédestinée. Ma naissance la faisait toute-puissante. Elle jouait, m'habillait, me coiffait, ma grand-mère – sa mère – en faisait autant. On bouclait mes cheveux, on me sortait, on me montrait. Au théâtre de la Maison pour Tous, on me posait au centre de la scène. Il n'existait pas plus docile, plus jolie. Je dois les quelques bonheurs de ma vie à mon physique.

La concierge, dans son réduit humide et sans fenêtre, palpe ma robe et s'extasie : « C'est tout de même pas parce qu'on mange pas à sa faim qu'il faudrait se priver ! »

Je suis un peu pâle, bien sûr, mais cela me va bien. La Dame aux camélias, enfant, devait être comme ça. Ma grand-mère en est sûre et comme, lorsqu'elle a tort, elle a raison quand même, ma mère se tait. Je suis fragile comme il se doit.

Irréelle. Je n'ai pas le nécessaire mais j'ai le superflu. De cette confusion, d'ailleurs, je ne suis jamais revenue.

On me promène parmi les cris des camelots, les airs d'accordéon, les goualantes des bistrots. Ça sent le rance, le vin, la soupe. Il fait bon. On me met dans les bras des garçons, sur les épaules du marchand de couleurs, des vendeurs de l'*Humanité Dimanche*, sur le genou du rempailleur unijambiste ; il lui reste une jambe que lui a laissée la guerre, il faut qu'elle serve. La rue tourne comme un manège. On me fête. Libérée de mon carcan de verre, je suis la Princesse. On me pare. La Princesse de la rue Mouffetard.

Mon père ? Il ne doit aimer ni les princesses ni les poupées. Ma mère lève les yeux au ciel chaque fois qu'elle regarde son mari. On dirait un tic. Elle a épousé un héros, un résistant qui maintenant se rend. Il reste assis. Immobile. Malade, le mari ? Il n'a goût à rien, sauf à la boisson, à ses bouteilles de vin qu'il garde près de lui dans un panier métallique dont il ne s'éloigne pas. Mais qu'est-ce qu'il a ? Tous les traitements ont échoué : reproches, chantages, humiliations. Ma mère ne sait plus quoi faire. Maladie perverse qui atteint l'entourage plus que le malade ! Diablerie qui fait que ce sont les proches qui se plaignent tandis que le patient se tait ! Ma grand-mère diagnostique la fainéantise. La médaillée du travail des ateliers Neyret s'y connaît, et personne ne trouve à redire à l'assidue du métro de 7 h 10 Villette-Mairie d'Ivry ni ne contredit celle qui est l'horloge vivante du poinçonneur reconnaissant.

Ainsi, mon père aussi est dans le discrédit. Il n'y a pas que moi qui déçois. Ma mère n'a pas épousé un homme mais une image. Gueule de star. De celles qu'on voit sur les écrans le dimanche au Monge-Palace. Un mari qu'on envie. Ma mère s'invente des films mais elle ne veut pas qu'ils finissent. Cela l'énerve, la met en colère, elle crierait bien : Remboursez ! Pourtant, elle peut toujours râler, invectiver mon père, il reste sur le canapé.

Ma mère a rêvé. Elle voulait un homme qui l'emmène. Qui l'entraîne. Loin de sa mère. Ensemble, ils sont là. Tous les trois.

Mais qu'est-ce que j'ai fait au bon Dieu ! Ma mère répète ça à longueur de journée, mais il ne faut pas croire qu'elle cherche à savoir ; mettre Dieu dans l'affaire la rend un peu moins responsable, un peu moins coupable. Tout de même, elle lève encore les yeux au ciel. Mon père, lui, lève son verre. En même temps que ma grand-mère. A part ma mère, tout le monde picole. Biberonne. A l'âge où je cesse de téter, je m'aperçois que les autres ne s'en privent pas. Ma mère prétend que, dès les premiers mois, je la pompais, la vidais, que ses seins s'étaient crevassés et qu'elle avait dû cesser de m'allaiter. Il faut croire qu'autour d'elle il n'y a que des insatiables. Moi, je viens de me battre pour me nourrir – seule – d'air pur et d'eau fraîche. Ce n'est pas simple, car ma mère rappelle qu'elle et moi on ne fait qu'Une. Je suis la chair de sa chair. Comment faire, s'était-elle inquiétée, pour donner la vie sans donner la place ? Sans risquer une rivale ? Ma mère a vite trouvé : fusionner. J'ai accepté le pacte à l'hôpital. Vivre sans exister. C'était à prendre ou à laisser. Engagement à vie. Promis !

Les autres, eux, caressent la bouteille à longueur de journée : ma grand-mère, mon père, les voisins, les voisines. Le vin coule et, lorsqu'il se renverse, il faut, pour ne pas en perdre, y tremper ses doigts et les apposer sur sa tête. Ça porte bonheur !

On se bénit à qui mieux mieux. Les amis, les

malheureux, l'immeuble, le quartier, les mal sevrés, les pas sevrés, ça tète et ça ne marche pas, ça reste assis, ça ne travaille pas, c'est pauvre, ça refait des enfants, peuple des immeubles, des quartiers entiers. On chante, on braille. On est solidaires. Plus gai, vous ne trouverez pas : il suffit, les dimanches de paye, d'orner la table de la blancheur d'une moitié de drap rescapée, de rapporter, entouré d'un torchon, le poulet cuit chez la boulangère, d'inviter la pauvre Huguette qui a un bec-de-lièvre, la petite Renée qui boit pour oublier, et de coincer une table de camping sous la mansarde au risque de se frotter contre un des pans dont la peinture s'écaille au-dessus du plat. Qu'importe ! On n'est pas du genre à s'arrêter à ça.

Chez nous, on se tient les coudes, on ne se sépare jamais. Pas de traîtres. Pas question de s'éloigner, de quitter son milieu ou de sortir de là. Quand le père de Josiane, la petite voisine d'en face, disparaît, elle fait tous les bistrots – même les bouis-bouis arabes de la rue de Bièvre où sa mère ne s'aventure pas à cause des bagarres, des risques de coups de rasoir –, mais elle le ramène quoi qu'il en soit. Des fenêtres sur cour, les radios profitent à tous, les chiens aboient, les enfants jouent, et si les parents sont saouls, on emploie des métaphores aimables : Madame Albert « a son chapeau », le marchand de couleurs « est fatigué », la petite mère d'en face « est dans le cirage ». On a des devoirs, forcément, quand on est parent.

Ma mère commence à s'ennuyer. Son héros s'est effondré. Sa poupée s'est mise à parler. Elle a bien des garçons : des petits d'hommes, bof ! Après sa journée de ménage à l'hôtel Vendôme, elle s'arrête au bistrot.

Elle est connue comme le loup blanc, ma mère. On l'attend toujours avec impatience, elle crée de l'ambiance, celle qu'on surnomme Chichinette. Pour ma part, une fois l'effet de surprise passé, il faut admettre que je n'ai plus le même succès, et même si l'on admire la rousseur de ma chevelure pareille à la sienne, je passe après ma mère :

– Elle est belle, la fille à Chichinette.

Diabolo menthe, juke-box et quelques pas de danse. On chante par-dessus les martèlements du flipper et les soufflets du percolateur. Finis les rancœurs, les soucis. On reprend les refrains. Trémolos de comptoirs. La serveuse s'y met en lavant les verres. Les yeux brillent, à nouveau on s'invente des films. Au bar, les hommes prennent des poses que les femmes impassibles observent dans le reflet des glaces. Certains font cliqueter, dans leurs poches, des pièces de monnaie comme on agite des promesses.

Il fait toujours bon chez Marinette. Je reste sur mon tabouret à regarder ma mère. Le temps peut passer. Si elle oublie de me faire manger, j'ai droit à une pichenette de tendresse, un petit geste de complicité. Un petit verre d'eau fraîche. On s'aime. On n'a besoin de rien. Quel privilège ! En me donnant la vie, elle m'a donné l'essentiel. Le reste ? Est-ce bien nécessaire ? Je suis comblée et je le démontre chaque jour : je ne réclame pas ? c'est que j'ai tout ! Est noble celui qui se dispense d'exigences vulgaires.

D'ailleurs, serais-je tentée de m'exprimer, de formuler un souhait en commençant une phrase par « je... », ma mère, vite, y couperait sentencieusement court comme pour me protéger d'un danger : « Le roi disait nous voulons... » Ange, puis Poupée, puis Princesse, j'ai l'air en grandissant, affirme ma grand-mère, d'être sortie de la cuisse de Jupiter ! Les métaphores qui me concernent s'accumulent – toujours les mêmes – filent vers l'imaginaire. Elles me rappellent, si besoin était, que je ne suis pas réelle, qu'il vaut mieux ne pas oublier ce pour quoi l'on est fait, que mes conditions d'existence ont été claires, redéfinies à l'occasion de ma diphtérie, définitives et sans appel : vivre sans jamais prendre de place. Pas question de devenir un jour rivale. Avoir la vie et être en vie n'est pas la même chose.

– Tu comptes pour du beurre, rappelle, chaque fois que je veux jouer, l'aîné de mes frères qui a tout saisi.

Face au juke-box de chez Marinette, « Jupiter » est occupée à chanter les paroles d'amour, les serments, les regrets devant la glace du comptoir. Un petit public lui ferait plaisir. Robert, le légionnaire, s'y met lui aussi. L'Italie n'a qu'à bien se tenir. Le bel canto résonne dans tout le bistrot. Le ténor tient son verre de bière en guise de micro. A se voir, il se bouleverse lui-même. L'émotion est à son comble. Même les ouvriers en salopette de la Halle aux vins interrompent leur 421. C'est l'instant de la larme furtive, indispensable, avant laquelle ma mère ne partira pas. Elle danse devant la glace avant de « danser devant le buffet », avant l'heure de la Soupe à la Grimace quand, elle le sait, il n'y aura rien à mettre sur la table. Après tout, elle au moins, elle travaille… s'il fallait compter sur mon père, on serait tous à l'Assistance publique !

Si elle voit que j'écoute, elle se reprend, affirme qu'elle n'a rien dit, que ce n'est pas de nous qu'elle parle, et puis qu'elle n'aime pas mon regard grave. Un regard de petite fille n'est pas comme ça ! Je l'agace. Elle m'en veut. Son expression se durcit. Tant pis ! Sa voix chante plus fort encore et s'éraille parfois. Elle oublie pour le moment les ragoûts de mou que les autres donnent aux chats – enfin, ragoûts de mou au vin, tout de même puisqu'on n'en manque jamais –, elle oublie les panades et autres soupes de pain fades.

Il y en a un qui, comme moi, ne la quitte pas du regard. Ma mère aime ça. Il est moche avec sa casquette pied-de-poule, ses lunettes teintées qui cachent mal un œil mort. Il est vieux. Mais qu'importe le flacon, pourvu qu'on ait l'ivresse. Voilà. C'est un avis qui pourrait être partagé par mon père.

Si j'ai parlé tout d'un coup – sans aide – ma mère, depuis, m'a bien appris à me taire. Tout voir et ne rien dire. Leçon de bistrot. Philosophie de comptoir. De désespoir. Fini de conter, de raconter. La parole est d'argent, le silence est d'or. Ma mère s'exprime par sentences, par proverbes, le propos est authentique. Il n'y a rien à ajouter.

III

Les pommes poussent sur des arbres ! Mes frères n'en reviennent pas. Ils ont toujours vu les fruits sur les étals du marché Mouffetard. C'est beau la campagne ! Le long des routes, ils se poursuivent, ils crient : ici, tout est permis. Celle-qui-est-sortie-de-la-cuisse-de-Jupiter, évidemment, elle, n'apprécie pas.

– Allez ! Allez ! jusqu'au tournant là-bas…

La route n'en finit pas.

– A presque cinq ans, on marche comme les grands !

Ma mère s'énerve.

– Allez ! Allez !

Il faut que j'avance. On a quitté Paris, perdu de vue les banlieues. Où est-ce qu'on va ?

Le moche, le vieux de chez Marinette, celui qu'on doit appeler Tonton, se tait. Le caïd nous emmène vers la mer. Vers le nord, là où, dit-il, les maisons sont blanches et le ciel est bleu. On a tout laissé. Tout quitté. Il ne faut pas se retourner. Quand on lui promet du bleu, ma mère marche. Elle s'est déjà fait prendre par le regard de mon père, mais elle recommence quand même. Le Tonton porte les baluchons au bout d'un bâton. Si on est en fuite, à l'aube, sur les routes, c'est vers une nouvelle vie. Le rêve est à l'horizon. Le caïd l'a dit, et pour un peu ma mère se mettrait à courir.

– C'est encore loin la mer ?

Allez, allez ! Quelques jours de marche à travers la campagne alors qu'il ne pleut même pas et que tous les enfants de notre âge – eux – sont en classe… Est-ce qu'on n'est pas gâtés ?

Mes frères crient des hourras ! Où est-ce qu'on va ?

– Allez ! Allez !

La campagne alentour, je ne la vois pas, les talus sont plus hauts que moi. Ça me fait des souvenirs de montagne. La route est noire. Il faut que je marche.

– Allez !

Plus on s'éloigne, plus il fait sombre. La route colle à mes pas comme dans un cauchemar. Où est-ce qu'on va ?

Je m'enfonce dans la peur à chaque pas. J'avance à reculons. A tâtons. J'ai perdu le nord. Ma mère me répète qu'on ne regarde jamais derrière soi, que c'est tant pis pour ce qu'on laisse, pour ceux qu'on laisse. Sa voix martèle, mais personne ne sait très bien à qui elle s'adresse, alors elle chante : « Non, rien de rien, non je ne regrette rien ».

– Allez ! jusqu'au tournant là-bas… encore un kilomètre. Allez…

Depuis, même vers le bonheur, je n'ai jamais supporté qu'on m'entraîne. On me dit : Allez !… je n'y vais pas. C'est plus fort que moi. Ceux qui nous voient passer doivent se dire que c'est comme dans les films ou les romans ; nous, on n'en sait rien puisque le cinéma c'est trop cher, et que la télé on ne l'a pas. Des livres ? pas davantage. Ma mère dit que c'est mieux de ne rien avoir, on peut partir, libres, sur les routes. Les autres, eux, comment feraient-ils ? Encore un de nos privilèges. Petite fille plus heureuse, plus libre que moi, il n'y a pas, c'est pour cela qu'il faut que je me relève et que je marche.

Est ce que les princesses des magazines pourraient partir comme ça ? Non, voilà, elles ne peuvent pas ! Ma mère s'afflige souvent de leur sort. C'est tout juste si elle ne plaint pas les grands de ce monde en portant ses baluchons. Elle, elle peut regarder les papillons, il s'en faudrait de peu qu'elle n'herborise si elle n'était pas si chargée. Ah, avancer, libre de tout protocole !...

Quand je m'écroule sur le bas-côté, le Tonton finit par me porter tandis que ma mère tassée sous le poids des baluchons rappelle, à voix basse, qu'il faut tout de même me ménager : j'arrive tout droit de convalescence et me conduire sempiternellement à l'hôpital, ça ne facilite pas la vie. Je suis une petite nature. Même les maisons de repos ne me réussissent pas. Ma mère dit que j'en reviens encore plus malade et que de toute façon, lorsqu'elle n'est pas avec moi, je ne mange pas, je ne dors pas, je ne parle pas, je fais pitié à voir : c'est la dernière nourrice qui le lui a dit. La vieille en noir qui laisse comme une photo dans ma mémoire : la fermière de la Gironde. Je nourris les cochons, mes mains sentent l'orge fade et le temps se fige, étale. Quand elle chuchote, ma mère, je sais qu'elle parle d'hôpital. Ça me fait peur, je tremble et ça me rend malade et, lorsque je suis malade, on me met à l'hôpital. On ne s'en sort pas. Ma grand-mère s'écrierait : « Jésus, Marie, Joseph ! » Il les faut bien tous dans de tels cas. Elle n'est pas là. Il ne faut pas que je tremble, il ne faut pas que j'aie peur. Pas d'hôpital ! Plus la crainte tourne dans ma tête, plus je la répète, plus je sais que j'irai.

J'obtiens toujours ce que je ne veux pas. Il suffit d'imaginer le pire pour qu'il arrive. J'ai beau presser ma tête entre mes mains pour arrêter les pensées, elles passent quand même. Le pire, toujours, je le retrouverai sur les chemins que je prends pour l'éviter. Toute ma vie.

Je m'enfouis dans la paille de l'écurie qui nous abrite le soir et comble mes frères qui n'en auraient jamais espéré tant. Ma mère, sans doute, exalte le romantisme de la paille, couchée près de son amant. Tout le monde, pourrait-on dire, est content. Sauf Celle-qui-est-sortie-de-la-cuisse-de-Jupiter qui a peur du souffle du cheval… de l'obscurité… de l'hôpital… de la vie… des bruits de l'étable… qui a peur… Trop peur pour le dire. Qui se raidit. Se tétanise. Hurle dans sa tête. Silence. Il ne s'agirait pas de troubler la fête. Il ne s'agirait pas de déranger les roucoulements de ma mère, les gloussements de mes frères qui chantent et rient. La vie est un état d'esprit.

IV

Mon père ? Il devait enlever ma mère, l'entraîner loin de sa mère. Vlan ! Il se retrouve en tête-à-tête avec elle : la vieille. Voilà ce qui arrive quand on ne sait pas y faire ! Le héros est devenu, lui aussi, bourreau. Nous, victimes, nous fuyons. A qui la faute si nous nous retrouvons le long des routes avec nos baluchons ?

A qui la faute ? Ma mère pose souvent la question mais elle a la réponse. Ça ne pouvait pas durer, un homme assis sur un canapé. Un homme qui boit, qui ne la regarde pas, qui ne la voit pas. Il est malade, papa ? Je garde la question pour moi, comme je retiens les syllabes que je ne prononce pas : Papa. Les sons s'enrayent, les mots s'empêtrent, restent sur mes lèvres. M'enfièvrent. Gentil, le mari… oui… C'est ma mère qui soupire. Impuissant. Fini.

A qui la faute ? A sa mère à lui ! Quand il parvient à faire un geste, à bouger un peu, c'est pour elle. Rien que pour elle. A qui la faute ? A elle !

Ma mère a trouvé le coupable. L'accusation qu'elle porte sur sa belle-mère, sa belle-mère la lui renvoie. L'une accuse l'autre. Elles n'ont pas eu à se concerter. Qu'importe, l'homme est perdu. Il a un regard qui s'en va. Le médaillé de la Résistance est foutu. Gueule d'amour qui boit à la bouteille, c'est plus pareil. Y en a aussi qui finissent comme ça au cinéma. Ma mère ne le sait pas. Elle ne voit que les affiches, les photos de plateau près des caisses. Mon père, mais qu'est-ce qu'il a ? Son père ne l'a pas aimé. Il l'a même méprisé, l'a rejeté. Il l'a prétendu trop beau pour être un homme. Trop sensible. Puis trop médaillé lorsque les honneurs de résistant lui ont été attribués. Le « trop » du fils justifiait le « pas assez » du père. Ou l'inverse… Son père l'a ignoré. Il m'ignore. Il ne sait même pas qu'il pourrait me regarder. Qu'un père peut aimer. Il ne peut pas savoir. Pa-pa. Ma mère a renoncé à m'imposer, a cessé de me mettre en scène devant mon père. Combien de fois m'a-t-elle soumise à l'épreuve du regard ? Elle me préparait avec soin, bouclait mes cheveux à l'anglaise. Il me fallait être belle. Plus belle que jamais. Alors elle me déposait sur les genoux de mon père.

– Regarde ta fille ! Regarde-la.

Voyait-il comme j'étais belle ? Une princesse ! Avait-il déjà vu si jolies fossettes ? Si mignon petit nez ? Teint si précieusement parsemé de taches de lumière ? Voyait-il mes cheveux ? Voyait-il mon sourire ? Voyait-il les reflets de ma chevelure cuivrée ?…

Non, il ne voit pas. Mon père ne voit pas. Son regard est bleu. Transparent. Ses yeux m'inondent. Me submergent. Je me noie. Lui ne bouge pas. C'est raté encore une fois. Son regard me fixe. Immense comme l'absence. Vide. Je n'existe pas. Inutile. Vaine. J'aurais dû mourir de ma diphtérie. J'ai mal. Toujours, désormais, je serai devant ce regard-là.

Ma mère nous a tous embarqués derrière le moche, le vieux qui nous promet le bleu. Après l'écurie, c'est le hall d'une gare qui nous attend. On dort sur un banc. Les gens nous regardent, s'apitoient. Qu'est-ce qu'ils font, ces enfants-là ?

Ma mère pleure, cette fois. Elle n'aime pas les gares, mais ce n'est pas pour cela. Elle a perdu son porte-monnaie. Même s'il n'y avait rien dedans, elle veut pleurer. Il y a des gendarmes et on va nous arrêter pour vagabondage. Ma mère connaît la loi : il faut avoir cinq francs sur soi. La gare, mes frères aussi aiment moins, ils préféraient le foin. Trop de brouhaha, de courants d'air. Trop de passages, de commentaires qui suivent les regards. Je ne tiens plus sur mes jambes. Ma mère m'accuse de lui faire des « accès de faiblesse ». En pleine gare ! Elle redoute que j'aie encore des convulsions. Dans ces cas-là, je ne suis pas belle à voir. Pitoyable princesse qui grimace. La crise me prend, on ignore pourquoi, des spasmes tout à coup me crispent, me tétanisent : ma mère craint que je ne reste comme ça. Elle me gifle, me secoue par les pieds, la tête en bas, me fesse, il faut que le sang circule pour que je redevienne normale. En tout cas, depuis que j'ai commencé à lui faire ça, elle ne m'a plus mise sur les genoux de mon père parce qu'il paraît que cela ne me réussit pas. Voilà. Dispensée d'épreuve. De torture. Mes maux, encore cette fois, s'expriment pour moi. Secourables. C'est pour mon bien que j'ai mal.

– Allez ! Allez !

Amiens n'est pas très loin. Je ne demande plus : Où est-ce qu'on va ? Je répète la question seulement dans ma tête. C'est comme une litanie qui m'obsède. Quand je marche, je ne m'en aperçois pas. Je ne suis plus là. Je suis toujours en arrière, quelque part. Peut-être près de mon père. Je suis ailleurs. Où je peux. Toute ma vie, par la suite, on me le reprochera. « T'es encore ailleurs ! Tu n'es plus là ! »

Le rêve est tellement près que ma mère n'en croit pas ses yeux lorsqu'on arrive à Issendremer. La maison au milieu des carrés de pommes de terre est blanche, c'est vrai. Le Tonton n'avait pas mentionné qu'elle était habitée. Surpeuplée. Les gosses grouillent, morveux et barbouillés. Ça ne doit pas plaire à ma mère. Complet ! On a l'habitude. Chez nous, à Paris, c'est pareil : on vit à six dans une pièce sans compter les éclopés, les femmes battues, les victimes de la vie que ma mère garde à dormir. Mon frère et moi, on a souvent essayé d'aménager le cagibi humide du palier et, depuis que l'on a dû renoncer à cause des souris, des araignées, de l'obscurité, je rêve toutes les nuits de la transformation des W.-C. communs de la cour en une petite chambre qui me permet de m'isoler et sur la porte de laquelle est inscrite la mention « privée ». On a les rêves de son réel. « Chacun voit midi à sa porte », philosophe ma mère. Bien sûr, chez nous, on est souvent nombreux dans un lit ; tête-bêche, les pieds de la pauvre Huguette ou de la petite Renée dans le nez. Ça fait des disputes à la maison. La grand-mère, discrète, chuchote comme une sourde devant les invités :

– On est les plus pauvres du quartier et on invite tout le monde !

« Il faut toujours garder la part du pauvre », ma mère cite la Bible. Quand y en a pour un, y en a pour deux.

Il n'existe pas plus généreuse que Chichinette, et peu lui importe si sa mère rappelle que « charité bien ordonnée commence par soi-même ».

Ici, on aura droit aussi à un partage de pommes de terre. C'est le succès du Tonton, qui a négocié auprès de la grosse dame qui louche et qui a du poil au menton. Ils sont tous moches dans cette maison, puisqu'ils ressemblent surtout au Tonton. Moi, je ne lâche pas les jupes de ma mère. Je me colle contre elle. Je me cache, j'enfouis mon visage. Je cherche son odeur comme chaque fois que j'ai peur. Que jamais rien, surtout, ne nous sépare. Jamais ! Je ne vois qu'elle. C'est ce que j'ai trouvé de plus commode pour occulter tout le reste. Ma mère, elle, n'a plus de regard. C'est normal puisqu'il n'y a rien à voir. Ni bleu. Ni mer. Seulement la fin du rêve. L'impasse des promesses. La misère.

V

On m'a mis un collier autour du cou. Avec une médaille et un numéro de matricule. J'ai gémi tout à coup. Une femme en blouse blanche chuchote avec sa collègue. La grande salle pâle se déforme. On demande à ma mère de signer. Elle a longtemps parlé à mi-voix. On l'a interrogée et on m'a auscultée. Ma mère a raconté les routes, l'autostop et le camion militaire jusqu'à Paris. Mon état est pitoyable. Il y a comme un voile devant mon regard. On dirait que ma mère maintenant se détourne de moi. Elle pleure et je la vois. Mon corps me lâche. Se vide. Se casse. Je me mouille soudain dans un éclat. La femme en blouse blanche, qui me traîne vers un couloir, râle. Ça fait comme un fracas dans ma tête. Mes tempes claquent. On me tire. On m'éloigne. Je voudrais voir les visages. Ma main passe devant mes yeux comme pour lever le voile. Ma mère n'est plus là. Au-delà des portes battantes que je dois franchir parviennent des bruits de réfectoire, des cris d'enfants. Je voudrais me débattre, mes gestes ne répondent pas. Je voudrais parler, je n'ai pas de voix. Le collier m'étrangle. Je geins. Je voudrais fuir l'enfer, le cauchemar. La porte bat. Se referme comme une trappe sur moi. Un gouffre s'ouvre sous mes pas. Il fait noir. Je ne sens plus rien. C'est fini. Je suis morte. Morte pour la vie.

Les lits s'alignent dans la salle de dortoir. Je me cache sous le drap. Il est interdit de pleurer. Silence dans les dortoirs ! Je n'ai pas cessé de gémir. J'ai mal. La surveillante des filles va revenir me menacer. Je suffoque. Mes sanglots m'échappent. Brusquement résonnent. Le dortoir éclate. Tous les lits soudain gémissent. Ça fait comme une longue plainte dans la nuit. Accourues, les surveillantes s'agitent pour rétablir le calme. Trop tard. Les chagrins déferlent, tempêtent. Violents. Affolent les blouses blanches. Silence ! La nuit hurle. Les voix s'énervent : les nouvelles admissions, c'est toujours l'enfer. Silence ! Les portes battent jusqu'au petit matin. Les pas trottinent d'un lit à l'autre. Chut, on pleure en silence ! Les plaintes s'apaisent. Le dortoir hoquette. Ça y est ! C'est réglé avec la petite nouvelle. Plus rien ne troublera l'aube de l'Assistance publique. Les blouses blanches le savent. La panique est enfouie. Profondément. A manier avec prudence. Comme une bombe, une charge explosive qui détruit. Enfouie jusqu'à l'oubli. Jusqu'au déni. C'en est fini des larmes aussi. Plus de trace. La souffrance s'immobilise. Se fige sur les visages. Ça fait comme des masques. De ceux qu'on n'enlève pas, qui identifient – empreinte indélébile – les enfants de l'Assistance publique.

Tout est redevenu normal. Sauf mon entêtement à rester debout maintenant derrière les portes battantes, sauf mes chuchotements obsédants chaque fois qu'elles s'ouvrent au passage d'une surveillante… maman. On a renoncé à me remettre au lit, on fait semblant de ne pas me voir, le soir, puisque je ne dérange pas, que je ne fais plus de bruit… maman. Le jour ne change rien. Il fait nuit aussi. J'entends les bruits, le brouhaha du réfectoire, le cliquettement des couverts, je sens l'odeur de la soupe qui me rend malade à l'heure des repas lorsqu'on me pince le nez pour que j'ouvre la bouche. On n'a pas le droit de ne pas manger, répètent, mécaniques, les petites filles dont je ne perçois pas les visages. Interdit de mourir à l'Assistance publique. Je ne vois pas. Je ne parle pas. Je ne communique pas. J'ai le droit. Seules, çà et là, des ombres passent. Je n'ai pas de pensées, pas de mémoire. Je ne veux rien comprendre. Rien savoir. La douleur fait barrage, dresse un mur si haut que je ne vois plus celui de l'Assistance publique. J'ai gagné. Le silence est mon refuge. Je suis perdue.

Je fais partie d'un convoi. Les filles, exceptionnellement, sont avec les garçons. Tous vont dans la même direction. A l'avant, on dirait les silhouettes irréelles de mes frères. Je les avais oubliés, bloqués quelque part dans ma mémoire. Malgré le brouhaha, je reconnais la voix de l'aîné qui répète : Où est-ce qu'on va ?

Je n'ai pas vu son visage. Je ne vois plus.

On nous convoie. Encore une fois. Peut-être vers d'autres réfectoires, d'autres dortoirs. Vers la ville ? Vers la campagne ? Ça tourne tout autour. Ça enfièvre, chavire le cœur jusqu'au bord des lèvres. C'est mon manège à moi.

Silence dans la tête. La voix reprend, lancinante :

– Où est-ce qu'on va ?

J'ignore l'espace et le temps, mais j'entends. Mon cocon laisse passer les sons. Je suis retournée dans ma bulle de verre. Dans le ventre de ma mère. Là, on ne me trouvera pas. On ne m'aura pas. La vie me porte, me transporte. Qu'importe. Je perçois aussi les parfums, les odeurs, celle des pommiers de la campagne dans laquelle le convoi m'a déposée, et j'entends le roucoulement incessant des tourterelles qui me berce. J'ignore ma famille d'accueil. Je n'en retiens que des silhouettes, des ombres parfois, des formes ou des couleurs. Peut-être y a-t-il des enfants ? Sont-ils nombreux ? Où est-ce que je dors ? Les nuits ne m'effraient plus, vaincues, abordées dans mon obscurité plus profonde encore. Peut-être est-ce l'automne ? Ou l'hiver lorsqu'il fait froid, lorsque les tourterelles se taisent. Mon silence me réchauffe, m'enveloppe comme de la ouate. Noël ? Peut-être. Nouvelle année ? Je ne sais pas. Comment le saurais-je, d'ailleurs, puisque je ne suis pas là. Les autres ignorent mon monde : ni la vie ni la mort ; espace de nulle part. On peut m'appeler, bien sûr, mais je ne réponds pas. On ne me trouve pas là où l'on me croit. Mystérieuse, étrange : les qualificatifs viendront plus tard et ne me quitteront pas. Je suis à l'abri dans mon univers de survie. Folie ? Ça n'existe pas. Il n'y a que la souffrance. Qui dérange. Si j'ai brouillé tout autour de moi les images, c'est pour ne pas mourir. Un malade est quelqu'un qui se bat. J'ai gardé le son en tout cas, le souvenir des voix comme celles que l'on perçoit du ventre maternel et qui ne vous atteignent pas. Je n'ai pas oublié celles de mes frères qui fréquentent comme moi la classe unique du village. Eux sont au dernier rang tandis que je fais des travaux manuels de piquage sur les bancs des petits de maternelle. Mes frères et moi, on ne se parle pas. On ne fait plus partie de la même famille. Chacun désormais a la sienne, quelque part dans la campagne. On ne s'appartient plus. On ne se connaît pas. L'aîné est bien trop occupé à distribuer des raclées, à se faire respecter, à faire taire ceux qui se moquent du Parigot-qui-fait-pipi-au-lit.

J'entends des comptines, des rires sur son passage comme sur celui du cadet quand il est là, quand il a fini de garder les vaches. Ma famille doit être âgée. Ils veulent m'échanger : trop petite pour être utile ! On ne leur a pas donné ce qu'ils avaient demandé. Du coup, l'homme à la grosse voix ne fait que tonitruer. Plus je me cache, plus il se fâche. Plus il se fâche et plus j'ai peur. Il ne me trouvera pas. Le vieux a décidé de me dénicher sous le parfum des pommiers, du côté des colombiers. Sa voix tonne encore. Il profère des jurons en patois, me poursuit de son bâton. Ma fuite l'enrage. Il frappe. Je protège ma tête. Mon crâne saigne. Je cours. Je m'affole, me réfugie sous la table de la salle à manger. J'ai peur du bâton, des pas qui s'approchent. Je panique. Mon corps, à nouveau, me lâche. Me répand. J'urine en gémissant. On dirait que la table s'affaisse sur moi. Tout s'arrête. Je hurle dans ma tête. A nouveau, tout s'obscurcit. Ça fait comme un vide. Une béance. Irrémédiable. Un gouffre de mémoire. Il me semble parfois que j'étouffe. Que je respire mal comme autrefois, à l'hôpital. J'ignore si je porte le collier de l'Assistance publique, la médaille de matricule. Je sens la marque, toujours. L'étranglement. Prise à la gorge, aujourd'hui encore je cherche à desserrer.

D'abord, on n'est pas des enfants abandonnés !

C'est mon frère aîné qui l'affirme. Le caïd du village qu'il est devenu n'aime pas être contredit, et celui qui se moque encore de son énurésie n'a qu'à bien se tenir. Il a démontré sa supériorité le soir du bal, sur la place du village d'où l'on apercevait d'ailleurs, en contrebas, le cadet plaqué contre son enclos de potager qu'il n'avait pas le droit de quitter. Tout le monde, sur la piste, a remarqué l'aîné, lorsqu'il sortait parader entre les stands d'adresse et de tir, se vanter de recevoir du courrier de Paris. Nous avons, c'est vrai, reçu une lettre. Il exhibe, un jour, une enveloppe à notre nom dans la cour de l'école. Il me la met sous le nez comme si, à défaut de pouvoir lire la lettre, je pouvais sentir ma mère.

Alors ?…

Inutile. Je n'ai rien vu. Rien entendu. Il déchiffre tout haut l'en-tête : il dit que ma mère est à l'Hôtel des Femmes de l'Armée du Salut. Il faut que je comprenne. Quelle mère ? Ma mémoire efface comme une ardoise magique. Hier ? j'ai oublié. Le présent ne me trouve pas. L'ardoise est vierge. Demain n'évoque rien. Mon frère s'énerve, brandit la lettre :

– C'est écrit !

L'aîné sait des choses, c'est normal. Il peut lire. Il faut lui obéir. Si je suis trop maigre, on ne partira pas. A cause de moi. Les rachitiques restent à l'Assistance publique. Il faut se méfier des assistantes sociales. Ne rien dire. Jamais. Elles empêchent les parents de reprendre les enfants. Je n'écoute pas. Il crie :

– Maman va nous reprendre !

Je mets ma main sur mes oreilles et je chante. Je ne veux pas comprendre. Ma-man ? Je ne veux pas entendre les syllabes qui font mal, écorchent la mémoire. Ma-man ? Mot-trahison qui prononce l'attente. L'absence. On ne me fera pas quitter ma nuit. Mon silence. Je ne prendrai pas le risque de croire. Le risque de l'espoir. Ma main sur mes oreilles, je chantonne dans ma tête. Obstinément.

– Maman va nous reprendre !

Mon frère me secoue, fait signe que je suis folle. Qu'importe. Il faut qu'il arrête. Qu'il se taise. Je chanterai plus fort. Encore. Je ne veux pas entendre. Je ne peux pas. Trop tard.

VI

Je vois ! Mes premières images se dégagent lentement sur fond noir, devant le tableau d'une classe. L'obscurité se défait. Les lieux apparaissent, émergent d'un brouillard, se révèlent. Une institutrice se tient face à moi. Je distingue même son visage. Elle manie un boulier. De mon banc, près de la fenêtre, je peux voir l'immeuble d'en face. Je ne bouge pas. Les bruits de la rue s'élèvent, me confortent, me rassurent. Derrière les voilages du premier étage passe parfois la silhouette rapide de ma mère qui travaille. Je peux voir, oui. Je peux La voir. C'est Elle. Ma mère. A l'aide de son plumeau, elle époussette, plus légère que la poussière qu'elle poursuit, qu'elle déplace. Je fixe tout autour de moi. Il ne faut pas que les images, à nouveau, disparaissent. J'espère un signe, un mouvement du voilage. Elle chante. Sa voix accompagne ses ménages. Sur mon ardoise, je dois écrire des lettres à la craie. On me dit sage. Absente. Obéissante. Je suis de retour à Paris. Chaque fois qu'elle me voit, la directrice le répète à mon oreille. Est-ce que je me rends compte ? Je dois reconnaître la ville. C'est important. Elle m'appelle : La Pauvre petite.

Ici, c'est Paris. Je répète après elle. Le petit fauteuil de son bureau est pour moi. Je regarde la cour, les arbres. Lorsque cela dure trop longtemps, la directrice soudain me tire la langue. Ça lui passera, ce n'est pas grave. Impassible, j'attends. Elle me demande d'en faire autant.

– Ah, tu vois que tu en as !

Le jeu la réjouit. Elle sourit.

– Pourquoi est-ce que tu ne parles pas ?

Ma mère lui a raconté qu'à deux ans je parlais couramment. Je suis jolie. Très ! Je suis gentille. Elle recommence : Pauvre petite. Elle dit que j'ai meilleure mine, que j'ai pris un peu de poids. Elle soupire. Dans ses tiroirs, il y a toujours un bonbon pour moi.

– Tiens, c'est déjà ça.

Pourquoi est-ce que je recule chaque fois qu'elle avance sa main vers moi ? Pourquoi ne peut-elle pas même me toucher ? Je lui montre ma langue avant même qu'elle me le demande puisqu'elle ne va pas manquer de le faire dès lors que je ne réponds pas. Avec l'infirmière scolaire c'est pareil, pis même. Elle sent l'éther. Dans les couloirs sa silhouette est blanche comme celles des fantômes d'avant. Je blêmis, me raidis. Pourquoi ai-je une cicatrice sur le haut du crâne ? Elles s'interrogent l'une et l'autre du regard. Elles voudraient peut-être que je parle, que je raconte l'Assistance publique ? Il n'y a pas de mots pour ça. Mon mutisme les rend intarissables. Il y a des choses que je ne dois pas savoir, qui ne me regardent pas : comment ma mère a-t-elle retrouvé de l'argent pour nourrir la famille ? Elles évoquent devant moi, puisque je ne comprends pas, les ragots à propos des charmes monnayables de ma mère, mais elles ne sont pas du genre à accréditer les perfidies et les commérages, tout juste lancent-elles le débat : que permet la morale quand il s'agit de reprendre ses enfants ? Soit, ma mère a du courage ! Qu'importe. Je suis un cas type, paraît-il. L'infirmière propose des tests caractéristiques. Une enfant comme moi, ça ne sourit pas mais ça ne pleure pas non plus.

Ah !...

La preuve ?

Le test de l'injustice : il suffit, à l'institutrice, de punir sans motif deux petites filles. La normale va pleurer, se défendre, l'autre – moi – ira au piquet, sans protester, sans rien dire. Caractéristique ! Aucune accusation n'a le pouvoir de me révolter. La coupable attend le châtiment, l'espère même souvent. C'est comme ça ! Comment une enfant comme moi pourrait-elle se plaindre ?

La directrice ne répond rien.

– Un enfant qui se plaint est un enfant qui va bien. C'est le silence qu'il faut entendre. Révéler. Dénoncer. Crier.

L'infirmière s'énerve.

– Comment une enfant qui ne va jamais bien pourrait-elle savoir qu'elle va mal ?

J'attends que la Directrice tire la langue puisqu'elle ne répond toujours pas. Elle n'y avait pas pensé. Le ciel avance. Je peux regarder la cour, les arbres. Les voix chuchotent. Il faut agir !

Les nuages s'étirent. Pauvre petite !

Elles m'épargnent le test des enfants au bord du ciel. De ceux qui se détournent du réel. Enfants au regard céleste qui voient trop loin pour ne pas voir trop près.

Pauvre petite… L'intonation faiblit. Elles m'oublient. Qui a parlé de révéler ? De dénoncer ?

D'agir ? Machinales, les voix répètent : Pauvre petite…

Que faire ? L'intonation n'est pas celle d'une question, elle baisse, au contraire, en même temps que le regard, comme un couperet. Je connais le rituel : j'aurai droit à une caresse. Elles lèveront – pauvrettes – les épaules, soupireront, prendront le ciel à témoin de leur fardeau. L'assistante qui connaît son rôle récitera : Que faire ! Les professionnelles se seront exclamées, soulagées. Comme les autres, elles détourneront la tête, reprendront ensemble, en inexorable écho : Que faire !…

J'accepte maintenant qu'on me frôle la joue. Mon visage est redevenu normal. Chaque jour, depuis mon retour de l'Assistance publique, ma mère m'a coincée entre ses genoux pour arracher à l'alcool à quatre-vingt-dix les croûtes qui ravageaient le bas de mon visage. Ma mère m'a dit qu' « ils » m'ont défigurée. Elle ne dit jamais qui. Elle désigne « là-bas ». Les mots Assistance publique ne se prononcent pas. Ça n'existe pas. Silence. Jamais je ne saurai où, comment, combien de temps. Le vide toujours restera intact. Innommable. Les princesses meurent cent ans.

Je suis rentrée repoussante. Repoussée. Abandonnée. Rien que de bien normal. Ma mère, elle, ne voulait pas que les autres le sachent. Le voient. Elle ne s'est pas laissé faire. Avec son coton, chaque soir, elle repoussait l'impétigo. Elle fermait les yeux, pour ne pas voir qu'elle arrachait ma peau. Ses bras me tenaient.

– C'est fini… C'est fini…

Ma mère me faisait taire. Me consolait. Elle frottait. Arrachait encore. Abîmée, la princesse ! Pas présentable, la poupée ! Elle ne pouvait pas me montrer. Je paie cher l'irrespect de la devise familiale : faire envie plutôt que pitié. Elle effaçait sa culpabilité sur mon visage avec la désapprobation de quelqu'un face à un manque de tact. Porter beau. Toujours. Même au fond du gouffre, avoir l'air ! Cela donne un port de reine, il ne faut pas que je me plaigne. Ne pas confondre malheur et épreuve. L'un fait baisser la tête, l'autre la relève. Seule la culpabilité fait ployer. Chacun, au fond de soi, sait bien que le malheur est coupable. Les épreuves, elles, s'affrontent dans l'honneur. Garder la tête haute est un devoir, affirmait ma mère, parlant de bon goût, de noblesse même. Ce n'est pas ma grand-mère, qui n'a jamais fait le deuil de ses années éphémères d'irréprochable épouse de notable versaillais, qui contredirait.

Allez ! Pas question de s'évanouir. Est-ce qu'elle flanchait, ma mère ?

– Tu souffres pour ton bien !

Elle, en revanche, avait mal pour rien – stoïque –, telle qu'elle aimait à se définir. Elle serrait les lèvres, s'appliquait comme lorsqu'elle démêle ma chevelure épaisse : Il faut souffrir pour être belle.

Pas question d'être laide dans le regard de ma mère. Dès mon retour, elle me prouvait son amour en effaçant les traces sales. Les marques de souffrance sur mon visage. Les stigmates de l'oubli à l'Assistance publique. De ceux sporadiques qui vous narguent toute la vie. Vous humilient. La directrice, oui, pouvait désormais approcher ma joue. Elle allait m'apprivoiser. Le promettait. Jour après jour, je retrouverai la notion de temps, je comprendrai mon retour chez moi, auprès de ma mère, mes frères, de mon père, ma grand-mère. Elle oubliait les éclopés, les voisins malheureux, les femmes battues qui ne devraient pas tarder… je me taisais.

Depuis que je porte un ruban noir, sur le revers de mon chemisier, la classe s'intéresse à moi. On a droit à un ornement en cas de deuil. Mes voisines me l'envient. Je ne suis pourtant pas allée à l'enterrement de mon grand-père paternel au retour de l'Assistance publique car je suis trop petite. On m'apprend sa mort en même temps qu'on me rappelle son existence. Il paraît même qu'il me reste un grand-père. Du père de mon père, je retiens l'avantage du ruban qui me vaut, exceptionnellement, l'intérêt des autres enfants.

Pauvre petite. On dirait que les voix redoublent, répètent, machinales. Ça fait comme un écho dans ma tête.

Pauvre petite. Je ne suis pas pauvre ! Je suis riche ! C'est ma mère qui le dit. Qui l'affirme. Elle ne se trompe jamais. Les autres ne savent pas. Pour un peu, elle les plaindrait. Je répète, hautaine, derrière elle : Je suis riche !

Ma voix s'étrangle. Ventriloque de ma mère. Poupée, mon sourire impassible est de cire. Je reprends, articule ses mots : « Ceux qui s'aiment détiennent la richesse… »

J'ai grandi dans l'enfer avec la certitude d'un privilège.

VII

La porte claque. Ma mère crie. Elle s'affole, répète :

– C'est pas vrai. C'est pas vrai...

Ses pas tournent en rond dans la pièce. Sa voix faiblit :

– Non... Non...

J'ai laissé tomber les carrés de sucre avec lesquels je fais des constructions. Ma pensée est claire, nette : c'est mon père... il est mort ou il est en prison. Je ne bouge pas. Je ne pleure pas. Je ne crie pas. Inerte. L'assistante sociale avait raison. La porte claque à nouveau. J'entends ma mère qui frappe chez la voisine, bredouille ; il faut qu'on lui lise le télégramme bleu qui lui vient de l'hôpital, il faut qu'on vérifie les mots écrits. Elle répète :

– C'est pas possible... c'est pas vrai !

Le palier bientôt s'agite, laisse percevoir des

appels, des bruits rapides de pas. Je demeure immobile. Les plaintes de ma mère me pétrifient. La peur arrive, m'envahit, familière. La même pensée m'obsède : c'est mon père… c'est mon père…

– C'est ton père…

Je n'ai pas entendu ma mère approcher. Elle est calme maintenant. Il fait sombre dans la pièce.

– C'est ton père, ma chérie…

Elle m'a prise dans ses bras. Je crois que j'ai mal. A l'hôpital, toujours, les infirmières s'énervent : T'as mal ou t'as pas mal ? s'impatientent-elles lorsque, quels que soient les symptômes, je répète que je ne sens pas, je jure que je ne sais pas.

– Ton papa est mort.

Sa voix se brise. Je serre ma mère contre moi. Aucun mot ne passe. Ça fait comme une boule dans ma gorge qui bloque, solide, et qui s'installe. La douleur, endiguée, reste là. Il ne faut pas que ma mère pleure. Elle tient l'imprimé bleu dans ses mains. Il ne faut pas encore cette fois les larmes, la souffrance qui nous séparent. Je reconnais les paroles dans ma tête qui supplient : pas l'Assistance publique ! Je retrouve les cris, les appels à l'aide, au secours, qui s'étouffent. Des spasmes me tordent. J'ignore d'où vient la voix enfantine qui s'anime, lointaine, qui découvre les mots, qui parle, apaise. De mon ventre encore. Comme les ventriloques. De mes tripes, pour survivre. Je ne sais pas...

Vendredi 13. Le ciel a pris la couleur bleue des yeux de mon père.

Normal ! a dit ma mère comme si on lui devait bien ça. A trente-trois ans, comme le Christ, mon père s'en va. Papa, ce n'est pas n'importe qui. J'ai vu le corbillard qui l'emmène. La voiture noire que je n'oublierai pas, qui m'engouffre pour toujours même si je reste là, moi, sur le trottoir. Les voisins, les commerçants m'embrassent, la grosse Augustine pique. Je déçois tous ceux qui me présentent leur mouchoir puisque je n'ai pas de larmes et que je n'en aurai pas. Mon père s'éloigne. Il est mort d'un arrêt du cœur, a dit ma mère au voisinage qui répète, s'attriste : Si c'est pas malheureux !

Il est parti. J'ai oublié sa voix. Il a dit Ciao en partant la dernière fois à l'hôpital pour le bilan annuel de ses blessures de résistant. Ciao !

A nouveau, je ne vois plus. Il fait sombre tout autour. Ça recommence. Je le sens. Moi aussi, je m'éloigne. Peut-être que je l'accompagne. Ma mémoire s'embrume. Ma tête pèse. Ça y est. Qui sait pour combien de temps je m'en vais. Loin, dans mon espace de nulle part ? Elle est sage, la fille à Chichinette. Elle ne bouge pas. Il n'est pas rare, dans ces cas-là, qu'on félicite ma mère.

Reste la veste de mon père suspendue à un cintre au-dessus de ses chaussures. Face à moi se tient l'homme invisible. L'absent est là. Immense. Intact. J'ai oublié sa voix. Celle qui menace ma mère, un soir, et désigne un couteau. Je suis à côté d'eux, ils ne me voient pas. Je compte pour du beurre, rien que de bien normal. Mon père qui tient l'arme est effrayant et faible à la fois. La mort est au bout de la lame.

« …Mon père est mort, ou il est en prison. » Papa n'est plus là. Pa-pa. Je répète les syllabes muettes. Mes lèvres psalmodient. Inlassables. Les mots ne passent pas. De ceux, toute la vie, qu'on garde sur la langue, qui pèsent, lourds, empâtent la bouche, empêchent de parler. Papa. Syllabes qui prennent toute la place. Qu'on brûle de prononcer. Papa. Déclarations ardentes. Serments solennels comme des prières. Amour absent qu'aucun Je t'aime n'apaisera jamais. Papa…

VIII

La campagne. Pour la première fois, je la vois. Je découvre les champs, les rivières, les arbres. Je n'en reviens pas. Mon parrain est près de moi. La nature, je l'avais déjà humée, entendue, j'en connaissais les sons, les odeurs, les parfums… Mon parrain, qui m'observe et s'amuse, ne s'y trompe pas : je n'ai jamais rien vu ! Autour de moi, je nomme tout pour être sûre. Il y avait donc tant de choses à voir ? C'est à mon parrain que je dois mon regard. Je n'en finirai jamais de contempler. Je fredonne dans la voiture en même temps que lui. Il va m'apprendre à chanter, à sourire. Promis. Il m'a emmenée tout de suite après l'enterrement. Depuis ma naissance, il m'avait à peine vue, il a cinq années à rattraper. Il a convaincu sa femme – ma tante – qui ne peut pas avoir d'enfant. Il est heureux, répète que c'est grâce à moi. Me regarde. Il parle d'échange de bonheur. Je me détourne, m'excuse tout bas au moment de « toper là » :

– J'en ai pas.

Il rit. L'amour permet de donner même ce qu'on n'a pas. Il me l'apprendra : un parrain, une marraine, c'est fait pour ça. Ils m'ont frisée et acheté des vêtements. Je suis toute neuve. Des vêtements pour moi seule. Que jamais personne n'a portés. Pas ceux de la mairie, des patronnes de ma mère ou des voisines. Des vêtements à moi. Ils m'ont emmenée à l'église. Le curé a fait une cérémonie de baptême. Il m'a purifiée à l'eau, mais je n'aurais pas dû interrompre pour demander du savon. J'ai quand même un cadeau ; un Père Tout-Puissant qui veille, du ciel, sur moi. C'est beau leurs histoires, c'est mieux que celles de mon frère aîné, le soir, qui affirme qu'on a coupé la tête de mon père, qu'elle bougeait lorsqu'il l'a embrassé dans le cercueil, qui raconte des récits d'autopsies, de cadavres en morceaux… J'aime l'église, l'encens, les flammes des bougies, la magie de la cérémonie qui m'offre un parrain, une marraine. Et même un nom à moi : Katouchka. Je ne suis plus un ange ou une poupée ou une princesse. J'ai un prénom de baptême que mon parrain a choisi pour moi. Si je pouvais, je me prendrais pour quelqu'un. Je suis Katouchka.

Tout au long des paysages, mon parrain et ma marraine parlent. Ils disent ce qu'ils ont à dire. Tout ce dont ils ont envie. Ils ont une langue – eux – à n'en pas douter. Mon parrain va m'apprendre à m'exprimer. Il me veut simple. Naturelle. Comme ma mère. N'est-elle pas une femme admirable, courageuse, qui jamais ne demande rien à personne ? Là, ma tante répond des yeux, qu'elle lève au ciel. Elle voudrait chuchoter, mais avec le moteur elle ne peut pas. Sa sœur, au moins pour ses enfants, ferait bien de faire valoir ses droits ! La fierté, l'orgueil mal placé, ont déjà ruiné la famille. Ma tante prend ses airs. Son cou s'allonge. Elle aussi a un port de reine. Enfant, ma mère et elle ont été élevées dans les règles de la bourgeoisie versaillaise. Qu'importe ! Mon parrain me prend avec mes allures parfois étranges d'aristocrate. Magnanime, il me garde même si mon petit doigt se lève lorsque je tiens un verre. Ma tante se souvient des honneurs, des biens, et laisse mon parrain, qui connaît la saga, terminer ses phrases. Mon grand-père a fait faillite. Le viveur a rejoint une maîtresse. A quitté son foyer, a été déshérité. Qu'importe encore ! Grâce au moteur de la Quatre chevaux, j'apprends mon histoire. J'en ai une ! Je viens de quelque part ! Le ciel s'éclaire. Alors, je ne suis pas sortie de la cuisse de Jupiter ?

Katouchka ! Aristocrate ou prolétaire, pour mon parrain qui m'étreint, je suis divine quand même.

Mon parrain est grand. Il est fort. Il est beau. Il dit qu'il pourrait être mon père et que ma mère, oui, est formidable, qu'elle rit tout le temps, qu'elle chante, qu'elle se lève le matin en se frottant les mains comme à l'aube d'une aventure même si c'est pour recevoir les huissiers, les contrariétés, les problèmes habituels dont une rémission, plutôt, l'inquiéterait. Ma mère porte sur la vie un regard qu'on lui envie, sauf ma tante qui trouve sa sœur commune, vulgaire. Mon parrain m'emmène partout, toujours. Je suis une assistante qui porte chance. Nous démarchons de maison en maison. Les sacoches de bijoux s'ouvrent sur les toiles cirées des salles à manger. On sert un verre, un bonbon pour la petite. Ma marraine perce les oreilles des futures communiantes, dirige le choix des bagues de fiançailles ou des médailles de baptême. Les carillons de salle à manger ponctuent les journées, nous rappellent qu'il faut poursuivre la tournée, sillonner les paysages miniers jusqu'à l'heure de retrouver notre hameau de rase campagne où les terrils s'érigent pour tout clocher. Chaque soir, mon parrain et ma marraine jurent de ne plus boire, de ne plus accepter de chaque client le dernier petit verre. Moi aussi maintenant, je chante. A ne pas croire. Il écrira la nouvelle à ma mère…

Quand mon parrain me donne la main, il est fier. Fier ? Le sentiment me plairait. Comme me plairaient les jours, ici, que je découvre. Comme me plairait… La vie existe. Je le sais désormais. Je la vois, face à moi. Plus tard, je ne l'oublierai pas, même si mon monde est en moi, même si on ne change pas d'univers comme ça, même si le mien ne me lâchera pas. Mon parrain m'a ouvert une fenêtre. J'observe. J'ai découvert une planète au bout de ma lorgnette. Une lumière dans ma nuit. Un parrain ? C'est une étoile qui s'allume quand on en a besoin.

Des Vosges où il m'emmène, je retiens les cascades d'eau claire, les chemins bordés de fougères parmi lesquelles, toute petite, je disparais, les feuillages de soleil, à l'automne, qui tapissent sans limite le ciel et la terre, les allées aux parfums de sous-bois qui s'enfoncent dans un halo de lumière, dans une féerie de pluie d'or, où tourbillonnent les feuilles. Il m'emmène à la scierie chez un bûcheron qui veut marier sa fille. Il s'en faudrait de peu pour que ne me plaise aussi le bruit des tronçonneuses qui résonne dans la vallée et s'amplifie. Les nouvelles régionales vont vite entre représentants. J'aperçois l'homme, là-bas, appuyé contre un arbre. Je lâche soudain la main de mon parrain. Je m'immobilise devant le bûcheron qui a posé sa hache. Je chuchote en le regardant : Papa…

Le regard bleu se pose sur moi tandis que je répète, machinale : Papa…

Mon parrain ne comprend pas. Il secoue mon bras, m'appelle de mon prénom de baptême pour me rappeler à lui, pour que je me ressaisisse : Katouchka…

Sa tendresse décline : Katialova… Katazina.

Inutile. Je n'entends pas. Je suis submergée. Tout entière dans son regard. Chez moi. Bleu immense. Papa.

Mon parrain essaie encore :

– Ce n'est pas ton papa.

Il nomme le bûcheron.

– Ton papa est mort.

Sa voix est inquiète. Il parle à l'oreille de l'homme qui s'interroge. Le regard couleur de ciel se penche sur moi.

Papa.

L'homme a ouvert ses bras. C'est comme la fin d'un cauchemar. Mon père m'attendait au bout du voyage. Quand il me soulève, il me semble atteindre des sommets, des vertiges auxquels on ne renonce jamais. L'horizon chavire, ma poitrine éclate. Je touche le ciel.

Papa.

Il me prend sur ses genoux. Il me garde. Me berce. Je sais alors que ce n'est pas Papa.

IX

A Paris, au sortir de la gare de l'Est, les façades saisissent, noires et tristes. Mon parrain, qui m'a ramenée pour ma rentrée au cours préparatoire, voudrait me garder. Son visage est pâle. Il parle bas, convainc ma mère de se laisser aider : … un enfant de moins à élever…

Ma mère est nerveuse, tendue : ma fille n'est pas un paquet que je pose parce que je suis trop chargée !

Elle a de la repartie, Chichinette. Ce n'est pas pour rien qu'elle a espéré une carrière de théâtre toute sa jeunesse, que, simple figurante, elle a appris les grands rôles et récite encore des bribes de Chimène. Moi, c'est la télévision qui m'intéresse, celle de l'arrière-salle que les consommateurs peuvent voir. Je me laisserais bien absorber par les images, abrutir par le brouhaha du café enfumé, par le jeu des enfants devant la terrasse. Au saut à la corde, c'est la marelle-avion que je préfère, qui me propulse directement vers le ciel, ou bien encore les glissades dans les boîtes en carton le long des rues pentues de la montagne Sainte-Geneviève qui mènent vers le fleuve, vers la Seine.

J'ai de bonnes conditions à la campagne…

Mon parrain argumente. Nous sommes tous de plus en plus pâles. Je suis, de loin, le tableau du flipper martelé d'un score vigoureux, ou le jeu de reflets tricolores des feux sur la chaussée mouillée. Je cherche à nouveau mon espace de nulle part. Trop tard. Ma mère et lui ont trouvé : j'ai six ans, c'est à moi de décider.

– Allez !…

Ça recommence.

– Allez !

Je n'ai pas entendu ma réponse. Mes tempes cognent trop fort.

– Allez !

J'ai fermé mes yeux et mes oreilles. Étouffé ma colère. J'ai compris en la suivant vers la maison : J'ai choisi ma mère.

X

D'où sort-il, celui-là ? Il y a un bébé à la maison. A qui il est ? Ma mère dit que c'est mon petit frère. Les présentations se font. Silence. Comment ai-je un frère – un vrai – si je n'ai plus de père ? Ma mère entend même quand je ne dis rien : le bébé est né prématuré après la mort de mon père. Pendant mes vacances chez mon parrain. Point. Le Tonton aussi est là, il confirme en hochant la tête. Plus aucun mot sur ce sujet. Jamais. Ici, on ne parle pas. Pourquoi l'image de mon père faible, menaçant ma mère, à certains moments, m'obsède-t-elle ? Sur les cintres, les vestes paternelles ont disparu. Le Tonton ne se cache plus sous la table à dix-huit heures quinze quand ma grand-mère rentre des ateliers Neyret. Elle se contente, le soir, de lui jeter des regards noirs. Il peut crier sur son passage : Vieille vache.

La sourdingue n'entend rien. Elle le surnomme Totor comme le cochon des fermiers voisins de mon parrain. D'emblée, l'ambiance est intense. Il me faudra aimer le petit frère. M'en occuper comme une petite mère. L'élever, en fait.

Allez ! Quelle chance !... Ma mère m'offre une poupée vivante. Y en a des plus gâtées qui n'en n'ont pas autant !

J'apprends à préparer le biberon. A laver. A changer le bébé. Normal. Ma mère – elle – travaille, ne rentre que le soir, et mes frères sont en internat la semaine. Conclusion, je suis privilégiée, qu'est-ce que j'attends donc pour remercier ? Mes frères, je les retrouverai dimanche pour l'escalade des grilles du zoo du Jardin des Plantes, pour nos jeux interdits sur les chantiers du quartier, sur le port Saint-Bernard où dangers et adversité exigent des cachettes, des codes de résistance, des noms secrets. Les déchargements de graviers ou de sable sont nos montagnes, les péniches nos convois. Sur les berges que surveillent les mouettes, je me surnomme Nabiscounaberne – Tarabiscounaberne, avec une mystérieuse évidence qui me surprend moi-même, impose chaque fois à tous le silence, le respect. Je suis la sainte patronne du fleuve, et c'est sur ses rives que s'établit sans conteste mon règne. En attendant l'heure des combats ou des missions secrètes, je remplace ma mère. J'ai l'air d'une petite mère. Ne suis-je pas contente et fière ? Je hais les poupées, décidément. Je hais… Ce jour-là, j'ignore pourtant que je prends du service pour dix ans, que je suis condamnée aux bancs des squares et aux bacs à sable, au réconfort de Josiane qui, elle, traîne trois frères, que je suis exclue des bandes de la Mouffetard. Ce jour-là, j'ignore que je prends le rôle de ma mère, que ça ne fait que commencer, que je dois désormais tenir sa place sans être rivale. Que je n'ai pas le choix. Je hais… Il me semble que mon visage s'empourpre, que je vais éclater, que mon corps fourmille de partout. Je hais… Ma gorge se ferme. Mon masque se resserre. Je souris à ma mère.

XI

Le vacarme brutal des oiseaux annonce le soleil qui apparaît, grandiose, à l'horizon des toits. Dès l'aube, je me soumets aux premiers rayons, aux premières caresses. Jour après jour, je les apprends, je les recherche. J'aime la chaleur, comme j'aime le silence matinal qui fait résonner les pas sur les trottoirs. Je m'attarde seule dans le sommeil le jeudi depuis que mes sept ans me donnent l'âge de raison et me dispensent de garderie. Sur ma peau, les sensations de plaisir me font frémir. Ça chante dans ma tête comme sur les routes de campagne auprès de mon parrain. Ça fait des éclats de lumière sous mes paupières comme lorsque je m'enivre à bicyclette autour de la place Contrescarpe, que je chante à tue-tête sous le ciel, quand j'ai le cœur qui éclate au rythme d'une musique de passage, quand j'ai le cœur qui valse. Il faudrait que la douceur du soleil ne s'atténue jamais. J'ai des réserves de prières, des mercis que je lance vers le ciel. Les caresses glissent sur ma peau, fouillent ma chevelure, descendent vers le dos. Une main approche de mes reins, se faufile sous l'élastique de mon slip.

– Ne bouge pas !

La voix de mon beau-père bouscule le silence de la pièce. Mon corps s'immobilise, saisi sous les rayons du soleil. J'ai chaud. J'ai la fièvre. Mes tempes serrent. Des images chahutent dans ma tête. Ça gronde sous mon front. Je retrouve à nouveau le noir qui menace. Des peurs de fin du monde. La vie qui panique. Le plaisir fait mourir. Le bien-être est horreur. La douceur est un piège. Mon beau-père chuchote :

– N'aie pas peur…

Ses lèvres sont flasques. Son haleine sent le tabac. Sa bouche me fait taire. Ses caresses m'affolent, se faufilent partout. Il guide ma main vers sa braguette. Sa voix trop adoucie murmure des paroles ronronnantes et insensées. Ses mots sont fous. Il m'aime beaucoup. C'est un secret entre nous. Beaucoup. Il fait du bien aux petites filles. N'est-ce pas que j'ai très envie qu'on me cajole ? N'est-ce pas que j'aime qu'on me touche ? Je gémis. La chambre vacille.

– Laisse-toi faire…

Il sait, lui, qu'une fillette a besoin de tendresse, de caresses. Mon corps réclame encore, oui. Soumis. Le plaisir est souffrance. Violence. Je m'appelle Mimi. C'est le diminutif de sa fille morte je ne sais pas quand – au même âge que moi – d'une méningite.

– Ma petite fille…

Le pièce tourne et chavire. je vais attraper la même maladie. Une « tu-meurs » va me condamner moi aussi. Ses approches m'étourdissent, me terrifient. Mon père, Dieu, le ciel tout entier me voient. Sur ma peau, c'est sûr, les mains de mon beau-père laissent des traces sales, des marques indélébiles que tout le monde désormais pourra voir. Des stigmates qui me condamnent. Je gémis encore. Je panique. Il susurre des promesses : grâce à lui, j'apprendrai les caresses. Les mêmes que ma mère. Je dois dire merci, être très gentille.

– Laisse-toi faire…

Son souffle s'accélère, me brûle, m'immobilise. Je voudrais mourir. C'est trop fort. Tout est fini pour moi. J'aime ça. J'ai peur. J'ai mal. Les appels à l'aide s'étouffent dans ma bouche. Le lit s'ouvre.

– Laisse-toi faire…

C'est l'enfer qui m'engouffre.

XII

J'ai retrouvé mon refuge sur les toits. Là, entre le ciel et moi, il n'y a rien. Je suis bien. J'ai la tête dans les nuages, je respire sans mal. Mon regard domine la ville. En bas, les gens sont tout petits. A les voir s'agiter, courir, pour un peu, ils me feraient rire. Je suis loin. J'ai pris de la hauteur, de la distance. C'est fait, j'ai mis de l'air entre eux et moi. Je suis presque au niveau du clocher de Saint-Médard, là où j'aperçois l'élan des cloches comme un spectacle pour moi seule. Sur les toits, personne ne me trouvera, pas plus qu'on ne me devine jamais, immobile, à l'église, sereine et calme dans les faisceaux de lumière bleue que les vitraux projettent sur les dalles. Plus tard, je serai religieuse. Je prononcerai mes vœux. Je m'offrirai à Dieu.

D'échelles, en greniers, en vasistas, j'ai réussi ;

ici, on ne me rattrapera pas. D'en bas montent les bruits et les éclats de voix ; même sans me pencher, je sais ce qui se passe. J'ai le regard du ciel, celui de mon père. Je vois tout le monde, mais personne ne me voit. Les monuments se détachent, grandioses, sur l'horizon. La capitale appartient à ceux qui la regardent. Je saute d'un toit à l'autre, j'ai rejoint les oiseaux. Le quartier Mouffetard est à moi. Quand il pleut, le zinc, comme un miroir, reflète le ciel sous mes pas. Je vole sur les toits.

XIII

L'école, côté couloir, moi, cela ne me déplaît pas. Je vois les arbres, le ciel, le jardin des Arènes de Lutèce et les leçons de la maîtresse ne me dérangent pas.

Zéro ! Comme il n'y a pas de livres à la maison, comme il n'y a pas de place, pas de temps pour faire les devoirs, j'ai toujours zéro. Comme j'ai toujours zéro, je suis dernière. Comme je suis dernière, je suis une mauvaise élève. Comme je suis mauvaise élève, je suis punie dans le couloir. Comme je n'entends pas, je suis… mauvaise élève. Et comme je suis mauvaise élève, j'ai toujours zéro.

Ma maîtresse a la manie de me tirer l'oreille pendant les retenues jusqu'à ce que cela saigne. Je dois répéter la leçon après elle. Elle a beau recommencer plusieurs fois, elle n'obtient rien. Est-ce que je le fais exprès ? Ça l'enrage. Les enfants comme moi, c'est la plaie ! Zéro !

Suis-je une entêtée qui refuse la classe ?

Je ne suis pas là. Jamais. Je n'ai pas le droit d'être là. L'école m'interdit d'être ailleurs ; mon espace de survie, les adultes ne le connaissent pas. Je regrette ma diphtérie, ma bulle de verre. Ils ne comprennent rien dans les écoles ! Ma mère s'énerve. Il lui faudrait dix bras, à Chichinette, pour y arriver le soir. Elle ne peut tout de même pas être au champ et à la ville en même temps ! Au-delà des limites de la rue Mouffetard, elle ne connaît pas. Même l'aventure au cimetière de Bicêtre, c'est ma grand-mère, le dimanche, qui la mène. Tous, sauf ma mère, sur la plate-forme du 47 jusqu'au marché aux puces, halte à la guinguette moules-frites les jours de paye de quinzaine, puis jardinage avec pelle et râteau sur la tombe de mon père – enfin, sur l'emplacement puisque pour la dalle il n'y a pas d'argent –, puis arrosage là où on a planté une croix en bois. Quand on habite rue Mouffetard, on ne s'éloigne pas, on reste entre soi. A l'école, les voisines de couloir sont les voisines de rue ; les gosses de la Mouff forment l'alignement familier des punies. Dignes. Du style : tiens, quelle surprise ! Familles nombreuses, smalas arabes, les groupes sont représentés, affichés aux piliers des préaux, dans les différents couloirs des étages. On a bien essayé de veiller au respect de l'égalité des chances en me plaçant dans les premiers rangs près des petites filles qui ont des papies-mamies et des week-ends en auto, des télévisions et des feuilletons qu'elles racontent. Je ne suis pas la conversation : ce n'est pas drôle. Nathalie-Rose Saint-Germain va se plaindre parce que je dors sur ma table à côté d'elle. Il faut bien que je dorme quelque part ; certains soirs d'ambiance à quatre dans un lit, ce n'est pas toujours facile. Retour aux compagnes de rue, de couloir, pour lesquelles les appréciations sur les carnets sont les mêmes – Nulle. La formule est nette. Irrémédiable. Moi, j'ai de la chance, ma mère ne les lit jamais. De toute façon, je serai femme de ménage comme elle, c'est ce que vitupère le Tonton, sous n'importe quel prétexte le jeudi, quand il n'a pas réussi à me coincer dans le lit, quand je retire ma main qu'il force vers sa braguette ouverte…

Pour la petite Pramile et ses sœurs, la signature du carnet dépend du passage de l'EDF, l'aînée compte sur les coupures d'hiver quand il n'y a pas assez de bougies chez elle pour voir clair. L'école ça n'arrange pas ses problèmes, si elle les oublie parfois au jardin des Arènes, les sanctions les lui rappellent, les zéros les lui pointent, les observations les lui soulignent sur son carnet. Moi, à la fin ça m'énerve. Quand je vois un ordre, je le bouscule. Une camarade maltraitée ? Je me bats. Zorro, c'est moi, sauf qu'en fait de cape je promène au Luxembourg, le long des allées automnales, la traîne de feuilles mortes qui sied à la Princesse de la rue Mouffetard. Les joyeuses pagailles ne me déplaisent pas. Je bouscule les petites filles au doigt sur la bouche, perturbe les exercices de discipline des mises en rang :

– Mains en l'air, aux épaules, au dos !

Je fais courir la maîtresse : pas de doute, je suis gravement caractérielle et je représente une menace pour la classe. Le test de la psychologue désignée me dirigera, au plus vite, vers un établissement spécialisé. Les solutions de l'école ne manquent pas. Résultat : je suis d'une intelligence au-dessus de la moyenne, affirme la psychologue qui insiste et détache les syllabes « au-de-ssus ». Elle se plaint qu'on la dérange pour rien. La directrice sourit. Je reste. Elle le savait. Elle récompensera mes résultats, le promet, discrète. Ma mère jubile. L'école ne sait pas à qui elle a affaire ! Ma mère ne doute de rien en me regardant. Tout est possible. Évident. Se peut-il que personne ne le sache ? Je serai ministre ou… présidente. Plus tard. En attendant, je dois faire mes tours de cour. Je suis exclue de la classe. L'institutrice pointe son doigt sur moi, désigne la porte du menton : Exclue !

Le verdict claque, irrémédiable, dans la classe. L'habitude se prend d'emblée. Comme ça. Je rejoins les exclues, celles qui ont été désignées du doigt. Le clan est en place, sous les arbres, aux premières loges du spectacle, à la grille mitoyenne qui sépare la cour du jardin des Arènes. A chacune son apprentissage, son regard, sa perspective sur la vie. Les filles piaillent déjà. Il est là ! Le sadique a son public. On connaît toutes le coup de l'imperméable, les effets de l'homme à chapeau lorsqu'il se retourne, la surprise quand soudain l'imper s'ouvre. On croirait chaque fois à un envol de moineaux quand les écolières s'égaillent en criant. Dehors, ce n'est pas pareil, même si le spectacle souvent se répète à l'ombre des portes cochères de la rue Mouffetard ou le dimanche au dernier balcon pas cher du cinéma Monge-Palace, il n'y a pas toujours une grille qui nous protège. Parfois, on ne rigole pas. Même au passage du petit homme à bicyclette qui fait le tour du quartier, le sexe tout droit pointé vers le guidon comme un axe d'équilibre personnel. Si les copines n'avaient pas peur, elles applaudiraient. L'important, disent les mères, c'est de ne pas manger les bonbons qui contiennent peut-être du poison, c'est de ne pas accompagner les messieurs aux cabinets. Pour le reste, ma foi, mieux vaut voir ça que voir la guerre ! Les hommes, on sait ce que c'est. Moi, si les satyres ou le beau-père ne me suffisent pas, restent mon frère aîné et ses exigences de jeux au papa et à la maman dans les chambres à coucher éventrées des immeubles en chantier du quartier ; ou bien le curé et l'offrande de ses genoux, de ses trémoussements pendant les révisions de catéchisme dans sa petite salle privée de la sacristie ; ou encore mon « bon ami » des meules de foin et ses bons soins des après-midi d'été auxquels me confie mon parrain avant de partir en tournée. On n'est pas des mauviettes : c'est ce que dit chaque soir Michel dit « Le Taulard » qui me pelote quand je vais vider les poubelles pour voir si ça ne pousse pas encore sous mon maillot de corps et menace, si je n'admire pas les derniers tatouages sur son torse et sur ses bras, de rapporter qu'il m'a surprise à fumer dans les toilettes avec une copine de classe. Tout le quartier sait bien qu'il n'y a rien à craindre de lui pour les gamines, puisqu'il est en ménage sérieux avec Dédé-la-Tapette qui fabrique des poupées et des maisons en allumettes dans son rez-de-chaussée coquet mitoyen des cabinets. On n'est pas chez les sauvages, tout de même !

XIV

Ma mère ne peut plus se lever. Le ciel est gris comme les murs de la maison. Elle a la maladie de fin de mois. Il fait sombre depuis le milieu de l'après-midi. Cette fois, c'est grave, ma mère a peur de mourir dans la nuit. Moi, je chantonne dans ma tête, fort, lorsque je vérifie les dixièmes du thermomètre. Je cours à la fontaine de l'escalier remplir les cuvettes, je fais chauffer l'eau du bock, je désinfecte les aiguilles à tricoter que ma mère utilise pour crever l'œuf qu'elle a dans le ventre. J'essuie son front qui ruisselle, je la bouge, je la soulève dès que ses yeux se ferment. Comme elle a peur de la mort, il faudrait de l'aide, mais comme elle a peur de la prison, il ne faut pas que j'appelle. Chacun de ses mots me panique, m'oppresse. Dans le quartier, il y a des gens qui dénoncent. Si elle en avait la force, ma mère plaiderait, elle accuserait la société de non-assistance à personne en danger. J'ai juré de ne pas appeler un médecin, quoi qu'il en soit, de ne rien dire à personne. J'essaie de ne pas tout écouter, d'appliquer ma main sur mes oreilles, sous mes cheveux, l'air de rien, mais j'entends quand même :

– Que deviendrions-nous sans elle ?

Je superpose, à toute force, des images dans ma tête. Grâce à la directrice, maintenant, j'en ai de belles. Des souvenirs même de Palais. D'ailleurs, à l'Élysée, elle m'a félicitée ; je suis une enfant fine et bien élevée qui a fait honneur à la soirée de Noël présidentielle en faveur des jeunes méritants des écoles. Ma mère répète :

– Que deviendrions-nous sans elle ?

Elle a toujours peur de mourir, de nous laisser seuls comme sa propre mère qui a été élevée sans père, sans mère, comme la mère de mon père, d'ailleurs, pour laquelle c'était pareil. Les lustres scintillent dans mon regard, les tapis adoucissent encore mes pas. Ma mère réclame son lavement vaginal. Elle attrape l'embout en plastique du bock qu'elle glisse experte entre ses cuisses, quelque part sous les poils qui cachent un danger, une menace. Il faut que tout parte. C'est sale. Je ne regarde pas. Je ne peux pas voir le sexe comme une plaie qui suinte. Honteux, coupable. J'ai gardé les éclats de lumière sous mes paupières, le soyeux des tentures, des tissus. Les tables de fête, les paquets scintillants sous les arbres de Noël, les musiques, les discours du général de Gaulle, le contact de sa main qui serre la mienne, la bousculade des enfants, les applaudissements. Je sens mon front brûlant. J'ai des berceuses tristes de ma grand-mère qui chantent des histoires de père et de mère morts jeunes et beaux, des chants de Noël et des féeries plein la tête. Mes mains tremblent. C'est ma mère qui a la fièvre. L'Élysée ? Elle ne risque pas de deviner mes pensées. L'événement a dû lui échapper. Elle ne sait pas ou elle ne sait plus que j'y suis allée. C'est comme si rien ne s'était passé. Le soir, que je rentre des toits, de l'église, de l'Élysée ou d'une autre planète, personne ne s'en aperçoit jamais. On s'assied. Silence ! Forcené. Habituel. Au-dessus de quarante, les dixièmes mettent la vie de ma mère en danger. Elle est de plus en plus pâle et faible. Je dois surveiller sans appeler à l'aide. Ouvrir la fenêtre ou attiser le poêle. Des baies s'ouvrent sur le parc de l'Élysée. Le Tonton fait le tour des faiseuses d'anges à la recherche de remèdes. J'ai des reflets de tentures rouges qui m'obsèdent, qui font vaciller le réel. Je me précipite dehors à la moindre course, je hurle comme les écoliers qu'on lâche en récréation dans la cour, je sautille, fébrile, je chantonne encore, faux. Trop fort. Je crois qu'on me regarde. Enfin, j'imagine puisque je baisse les yeux, puisque je ne peux regarder personne en face, puisque tout regard m'écrase. Je rentre contrôler la fièvre, surveiller ma mère. Les lumières de l'Élysée illuminent encore la pièce. Tant que je suis là, rien n'arrivera. Je voudrais prier, je n'ose pas, même avec le ciel, je ne peux pas parler, j'aurais trop peur d'attirer l'attention sur ma mère et que cela donne à Dieu l'idée de la rappeler. L'urgent est de se faire oublier. A quel moment le Tonton a-t-il ouvert devant moi une boîte à chaussures en carton ? Combien de temps a-t-il passé ? Je n'ai rien vu. Non. Je n'ai pas vu la masse informe, flasque, sortie du ventre de ma mère. Je n'ai pas la nausée, juste ma vie, au bord des lèvres, qui tremble.

Ç'aurait pu être un bébé.

C'est mon existence, tout entière, que j'aurais voulu rendre, cracher sur mon beau-père de préférence. C'est ma vie que j'aurais voulu voir se refermer dans la boîte en carton. Ma mère n'avait pas bougé du lit de la chambre à coucher. Des plaintes enfiévraient la pièce. J'avais mal avec elle. Je ne sais plus laquelle des deux pleurait.

XV

Sur le pavé, la fête. Les fanions aux fenêtres. Les flonflons et les airs d'accordéon dans l'air. Le Quartier latin valse au quatorze juillet : les rues, les cours, les bistrots, le parvis de Notre-Dame ou les berges de la Seine. Même les concierges dansent en sortant les poubelles, même le père Albert avec sa jambe de bois fait danser sa grande fille neurasthénique. Les vieux, les invalides qui ne peuvent pas sortir, se penchent à leur fenêtre, lancent des petits signes et chantent aussi. Ma mère danse toute la nuit comme elle a dansé celle d'avant et dansera celle qui suit. Des regards l'admirent. Personne ne lui résiste. Elle est simple, ma mère. Naturelle. Tout le monde l'affirme. L'essentiel est d'être soi-même : c'est la devise qu'elle se répète, son ambition à elle, son rêve. Son regard s'éloigne quand elle en parle, se perd comme à la poursuite de l'inaccessible. Il arrive aussi que ses mâchoires se serrent, qu'elle se mette soudain en colère contre d'invisibles ennemis : elle ne se laissera pas faire ! Il est certains voisins des beaux immeubles, qui d'habitude l'ignorent, pour complimenter sa rousseur ou se risquer à des approches. Moi, à la suivre du regard, c'est comme si je tourbillonnais avec elle à en perdre la tête. Sur le bord du trottoir, je reste assise, ancrée pour ne pas tomber. Feux d'artifice, éclats de pétards, retraite aux flambeaux, orchestres ou majorettes, rien n'y fait. Les lumières me piègent, me révèlent dans l'ombre de ma mère. Fièvres, maux de ventre me dénoncent : je suis une trouble-fête : digne fille de ma grand-mère ! Qu'importe. Je ne rentrerai pas. Je resterai là. Il faudrait que la fête m'enlève, m'élève. La piste est pour ma mère. Rien que pour elle. Ses souvenirs de jeune danseuse figurante au Châtelet ou de petit rat en costume de ballet ont beau jaunir sur des photos, au fond d'un tiroir, ici, au bal populaire, elle se rattrape. Jamais je ne parviendrai à suivre ses pas. Ma raideur l'afflige, quand elle me sollicite à défaut de cavalier.

– On dirait un bout de bois !

J'ai le cœur qui pèse, qui traîne comme un boulet, des chaînes qui m'empêtrent.

– Sois légère !

Je souris à ma mère. Je promets. Mes mâchoires se serrent. Les muscles de mon visage se tétanisent et font mal. C'est toujours le même sourire qui s'accroche, tenace. A me voir, on pourrait me croire ravie, béate.

– Sois légère !

Elle répète. Là, elle en fait peut-être trop. Elle détourne la tête avant de disparaître, happée par la grosse Raymonde qui la coince toujours pour les tangos. Elle oublie que, semaine après semaine, il a fallu me faire grossir à tout prix depuis que l'assistante sociale scolaire l'a convoquée après avoir noté la mention « rachitique » sur mon bulletin de santé. Les contrôles, ma mère les craint. Il a fallu donner de la viande et elle a dû encore se priver depuis mon nouveau séjour à l'hôpital des Enfants Malades. Le repas du soir dépend des pourboires qu'elle reçoit. Quand le porte-monnaie est vide, reste le pain perdu au sucre. On en redemande et ma mère est contente. Et puis, pourquoi s'inquiéter pour le lendemain ? Demain aura souci de lui-même.

– A chaque jour suffit sa peine.

Chichinette, élève des sœurs de Saint-Nicolas-du-Chardonnet, était première au catéchisme…

Les piqûres, la nuit aux Enfants-Malades, ça fait dormir et ça efface les ombres sur les murs. J'ai été mise en quarantaine à Noël. Au moins, je ne risquais pas d'ébruiter ce qu'il ne faut pas dire. Mes maux ont du génie. Avec la scarlatine, il n'y a rien de tel pour rester discrète. Quand la fièvre de ma mère est tombée, c'est la mienne qui a commencé. J'ai retrouvé les couloirs, les grandes salles où s'alignent les lits, l'habitude de la tête sous les draps. J'ai des pleurs maintenant qu'on n'entend pas ; pour voir mes larmes, il faudrait vraiment le vouloir et dénicher mon visage sous l'oreiller. Je suis rodée, classée parmi les pensionnaires fiables de l'hôpital où je me rends souvent pendant les vacances, à moins de varier les plaisirs en maison de convalescence. Les enfants en quarantaine ont droit à la visite exceptionnelle du père Noël jusqu'à ce que le spectacle pitoyable des alités fasse pleurer les infirmières qui se font gronder par la surveillante-chef et que tout s'arrête. Mieux vaut ne pas m'offrir de poupées quand je suis en congé du petit frère, je préfère les trottinettes, les bicyclettes que l'aîné ne vole pas – qu'il prend seulement çà ou là –, les patins à roulettes : l'important est de pouvoir rouler, d'imaginer à tout moment quand mes paupières se ferment que je vais m'en aller.

J'ai été félicitée par l'infirmière qui me pique la nuit. Je ne me plains pas, je ne fais jamais de bruit. Les jours sont sans surprises, la fièvre toujours la même ; identique devant les feux d'artifice, les guirlandes qui clignotent ou la fête qui scintille. A croire que c'est exprès. Je suis une trouble-fête, comme ma grand-mère.

– Sois légère, ma Reine !

Ma mère m'appelle ma Reine. Il ne faudrait pas croire à une surenchère à mon titre de Princesse, elle appelle tout le monde comme ça. Elle a beaucoup de reines, mais elle n'a pas d'amies. Je suis la seule. J'aurai ses confidences ce soir, ses larmes après ses rires. La plus gaie du quartier va pleurer. S'effondrer. Les masques tombent dans l'ombre. J'anticiperai ses phrases pour lui éviter la fatigue. Elle n'a pas de chance. Elle a beau faire, elle « tombe » toujours sur les mêmes hommes. Qu'est-ce qu'elle a fait au bon Dieu ? Punie, ma mère ? Elle plaide l'innocence, elle voudrait comprendre. Qu'est-ce qu'elle a fait ? Heureusement que je suis là. Sans moi, elle ne sait pas ce qu'elle deviendrait... Elle ne sait pas, quand elle claque tout à coup la porte de la maison et qu'elle court en pleurant vers la Seine, affolée elle-même par ce chagrin qui la submerge.

Pour l'instant, elle danse. Le roi n'est pas son cousin. Elle va me parler, je caresserai sa tête, l'apaiserai. Elle aimera ça comme moi j'aimerais tellement qu'elle pose sa main sur moi, qu'elle me cajole, qu'elle me prenne parfois dans ses bras. Qu'importe, je caresserai encore ses cheveux afin de pouvoir rester près d'elle, de sentir sa peau en fermant les yeux. Elle m'expliquera l'amour, mais je chantonnerai fort dans ma tête pour ne pas l'entendre. Ma mère se reprendra. Il faut être gaie. Elle aussi, elle chante. Souvent. A tue-tête dans l'escalier quand elle veut oublier son compte à rebours des années qui passent – qui ne font que ça –, quand elle veut noyer dans l'eau grasse ses détresses et que Marie-Sainte ou Augustine, de la cour, reprennent en chœur ses airs, quand elle veut faire taire son manque, son vide qui la terrifient. Et si, ce soir, je ne pouvais pas l'écouter ? J'ai trop couru pour suivre la farandole qui m'entraînait, serpentait, à toute vitesse, au long de la montagne Sainte-Geneviève. J'ai bousculé, chahuté, hurlé avec les copines, les voisins, les voisines. J'aime ça. J'ai rejoint l'agitation, la confusion, celle qui bat son plein en moi, celle qui fait que je ne ressens rien – jamais – pas même que j'ai mal, celle qui m'empêche d'entendre quand mon rire fatigué s'éraille. Intrépide, parfois intenable, j'avance entourée de camarades de classe qui envient mon audace de meneuse redoutable...

Je suis malade. Ce soir encore, je crois. Mon cœur, c'est sûr, va s'arrêter. Je mourrai tout à coup, comme mon père, ou j'agoniserai à l'hôpital avec des branchements partout comme mon grand-père que je suis allée voir accompagnée de mon frère cadet en patins à roulettes, comme ma grand-mère paternelle, comme la voisine de palier. Tous programmés pour le cancer. Rien à faire. Autour de nous, tout le monde tombe comme des mouches. Chacun son tour. La maladie arrive comme ça, sournoise. Inéluctable. Personne dans le quartier n'y échappe.

On est bien peu de chose, répètent les voisines. Un grain de sable dans l'univers, confirme ma mère. J'ai peur. Leurs paroles m'obsèdent. Je ne sais jamais si je vais passer la journée. La nuit. La vie. Je me réveille étonnée chaque matin d'être là. Encore là. Ça fait une journée de gagnée. Jusqu'à quand ? Je meurs chaque soir en m'endormant.

XVI

Le Tonton veut vitrioler ma mère.

– Manquait plus que ça !

Ma grand-mère ajuste son chapeau, enfile ses gants, affirme que rien ne lui est épargné, jure qu'on veut la faire mourir, se plaint comme si c'était elle qui était menacée. Ma mère lève les yeux au ciel. Moi, je me contente de ne pas tenir sur mes jambes comme la vie, tout autour, qui ne tient pas debout. Je n'ai pas les pieds sur terre, j'obéis à un fil, pitoyable marionnette.

Le Tonton cogne dans la porte à faire trembler l'immeuble. Il menace. Ça gronde à tous les étages. Ça résonne. L'ambiance est à son comble. Le voisin du premier crie par la fenêtre, un autre proteste dans la cour, une voisine dans la cage d'escalier tandis qu'une autre tape au plafond et qu'une dernière va faire appeler les agents. Ce n'est pas sûr qu'ils se déplacent pour la rue Mouffetard. Ils ne peuvent pas intervenir dans toutes les bagarres.

C'est toujours la petite du premier qui court au poste : ma copine des bains-douches qui me prête le shampooing et le savon glissés sous la porte de la cabine tandis que sa mère, qui vient plus aux douches pour chanter avec les habituées que pour se laver puisqu'elles ont l'eau courante chez elles et même une étagère avec dentifrice et brosse à dents personnelle, vocalise dans l'atmosphère embuée. J'ai peur du vitriol qui pourrait défigurer ma mère. Le Tonton est dehors. A la porte. Ma mère ne cédera pas. Ça fera moins de maladie de fin de mois.

– C'est pas un peu fini là-haut !

C'est l'émeute dans l'escalier parce que le Tonton hurle et donne des coups de pied à faire s'écrouler l'immeuble déjà soutenu par des poutrelles. Seule Marie-Sainte rigole. On l'entend à travers le mur mitoyen de la chambre. Tant que le ciel ne lui tombe pas sur la tête, elle rit et chante en créole. On peut compter sur elle, elle ne refuse jamais un tire-bouchon, des pâtes ou du lait en dépannage. Ses éclats de rire résonnent jusqu'au rez-de-chaussée.

– Respectez les malades !

Le concierge tape avec sa canne sur la rampe pour faire taire les locataires qui l'empêchent de veiller la vieille-fille-du-troisième en train de mourir d'un cancer. Le car de police va arriver. Le « panier à salade », c'est bon pour le Tonton. Allez ! Embarqué ! Pas question pour ma grand-mère de se compromettre ou de se faire remarquer. Toute vêtue de noir, elle va descendre l'escalier, digne, comme si rien ne la concernait, et ça marche : sur son passage on s'écarte et on se tait, d'ailleurs les quolibets n'ont pas prise, ma grand-mère a décidé d'être sourde ; c'est ce que son protocole aristocratique lui a dicté de mieux à faire. Ma mère est pâle. Elle emploie des imparfaits du subjonctif pour s'exprimer face aux agents, c'est mauvais signe. Les politesses se multiplient, s'empressent contre la peur, la honte, la colère. A voir ma mère, mondaine, parmi les silhouettes, on pourrait croire qu'elle reçoit. Tant pis si elle se trompe çà et là dans les concordances de temps, son goût de la langue en impose. Elle respecte les mots, en garde quelques-uns, les plus beaux, qu'elle n'utilise qu'en de rares occasions, qu'elle égrène la nuit en chapelets de poèmes dont elle scande les rythmes, les rimes. Ma mère ne portera pas plainte. Non, elle ne s'y abaissera pas. D'ailleurs, je sais déjà qu'un soir, en cachette, le Tonton reviendra, qu'elle ouvrira à son homme, qu'elle se sentira dominée, toute petite dans ses bras, elle aimera ça. Moi, je ne dormirai pas. Les réconciliations sur l'oreiller font du bruit toute la nuit. Ma mère rêve toujours de s'en aller, de quitter cette « bon Dieu de baraque » qui ne permet même pas de s'isoler. Moi, à dix ans, il faudrait que je sois sourde comme ma grand-mère pour ne pas entendre ma mère qui gémit, qui appelle, pour ne pas entendre les rythmes du lit, le souffle du Tonton, le même que celui du jeudi qu'il libère dans mon cou, il faudrait que je sois aveugle pour ne pas voir, derrière l'étagère, le corps ouvert de ma mère, il faudrait que je sois sans vie pour ne pas ressentir le trouble qui m'enfièvre, pour ignorer les sensations qui bouleversent mon ventre, ma tête.

Ma mère salue les agents. Pour un peu, elle les remercierait de leur visite avec ses imparfaits du subjonctif. Moi, j'ai des mots qui crèvent sur mes lèvres. Des prières à me mener tout droit en enfer si elles parvenaient au ciel. Le droit de le haïr, lui. Sans me salir, me condamner. Moi aussi, alors, comme ma mère je choisis mes mots de prière. Des euphémismes en chapelet. Que le Tonton disparaisse. Les plaisirs, les supplices avec lui. Que jamais, mon Dieu, il ne revienne ! Que le ciel, s'il vous plaît, me comprenne…

XVII

On entend comme une clameur en bas. Tous les visages sont levés vers le ciel, vers moi. Je me tiens en équilibre. Les cris de l'attroupement me gênent. Mon regard se brouille. La concierge a ameuté le quartier en désignant les toits.

– La p'tite veut se tuer !

Je glisse sur les tuiles. Plaquée contre le chien-assis, il ne faut pas que je lâche prise, il ne faut pas que mon pied s'appuie sur la gouttière, il faut que j'attrape le chambranle de la fenêtre, que je saute à l'intérieur de la mansarde. Il faut que la clameur se taise. Qu'est-ce que je fais là, au-dessus du vide ? Je ne me rappelle pas. Agglutinés sur le trottoir, tous piétinent la marelle-avion que j'ai dessinée à la craie sur le trottoir. Mais qu'ils rentrent chez eux !

Je reconnais les cris d'Augustine, la voix de

Dédé-la-Tapette, les lamentations de Marie-Sainte qui ne veut pas que je lui tombe sur la tête. Je ne sais pas comment je suis arrivée là. Ici, le ciel me donne tout pouvoir. J'ai l'habitude de l'affolement des passants, de la panique des riverains des quais quand je marche sur les rambardes extérieures des ponts de la Seine comme une funambule au-dessus des remous qui font tourner la tête. On dirait que la rue a peur. Qu'elle se tait. Vivre sur un fil, pourtant, ça me connaît. Le vertige m'enivre. Irrésistible. Toute-puissante sur la crête des toits, je suis dérisoire : au sommet et au fond du gouffre à la fois. Plus forte que ma mère, j'avance. Exsangue. Je garde les yeux fermés. Je ne peux plus regarder. Je ne peux plus bouger. Mes doigts se desserrent, mes mains lâchent, ma tête éclate. Je me lance. Je sombre dans le noir. Des exclamations s'élèvent, me parviennent. Loin. Dehors. On dirait des cavalcades dans l'escalier. Quelqu'un se penche sur moi tandis que je demeure immobile, inerte dans la pièce. Sur le lino de la chambre, échouée, j'ai réussi. Sauve, j'ai affronté mon vide. Des voix s'élèvent. Je connais déjà les appréciations des commères, les invariables commentaires. Je redoute pourtant l'expression qui m'abat même si je suis déjà à terre : celle qui m'obsède, révèle à tous mon enfer, l'accusation qui dévoile devant tous ma croyance :

– Elle a le Diable dans le ventre !

XVIII

La pension ? Ma mère y perdrait une nourrice, le Tonton ses droits à l'inceste du jeudi. Pas question ! Je n'irai pas à l'internat de Bicêtre rejoindre mes frères. La maison est mon privilège, ce qui me vaut les représailles de l'aîné en plus des avantages du ménage, de la charge des courses, de la responsabilité du petit frère, tout ça pour moi, sans compter – en grandissant – le droit à la corvée de seau hygiénique à vider avec précaution dans les W.-C. à la turque de la cour, le soir quand tout le monde dort afin de ne rencontrer personne, afin de ne pas avoir à baisser la tête alors que je ferme déjà presque les yeux pour compenser de ne pas pouvoir fermer le nez.

Les toilettes quotidiennes à l'eau froide de la fontaine – quand elle n'est pas gelée l'hiver – n'y font rien, le bain-douche du dimanche place

Contrescarpe, pas davantage. J'ai beau tout essayer, je suis sale. Je fais cependant tout pour être irréprochable puisque du ciel, ma grand-mère en est sûre, mon père en permanence me regarde ; puisqu'elle me l'apprend en désignant les nuages : je suis rivale des anges. L'infirmière de l'hôpital des Enfants Malades avait bien dit, dès le départ, que je n'avais pas ma place ici-bas. Je scrute l'horizon par-delà les toits. Est-ce que je ne le vois pas ? C'est en m'excusant que je m'isole parfois, que j'échappe au regard paternel en me cachant dans la penderie parmi les vêtements. Un instant j'en demande pardon tout bas. Jamais je n'aurai le droit de le décevoir. Qu'importe si j'ai le ventre dur comme du bois la nuit, je ne m'abaisse pas à utiliser le « trône » de la chambre, j'attends le petit jour pour descendre et courir, contrainte, au fond de la cour.

La vieille d'à côté, elle, n'a pas la même réserve. C'est vrai qu'à la maison, il faut choisir : savoir de quoi on a envie. Le petit seau en plastique de la cuisine, c'est pour les eaux usées ou les pipis. C'est comme ça que ma mère a su secourir la grosse voisine écroulée sur le seau en plastique vaincu sous son poids, et dont le rebord faisait obstinément ventouse sur son derrière tandis qu'elle criait à l'aide.

Mon corps, je fais comme s'il n'était pas à moi. Je ne le connais pas. Il me suit, je l'ignore, je voudrais qu'il n'existe pas. Même s'il me fait mal, se rappelle de force à moi, je ne l'écoute pas, je ne l'entends pas. Je ne veux même pas le voir. Mon beau-père ne m'aura pas. Il peut s'accaparer mon corps, mais pas moi. Le plaisir ne m'appartient pas. Si les caresses me font frémir, je fais comme si je ne m'en apercevais pas. C'est pas moi ! Je répète le déni dans ma tête, jusqu'à m'en convaincre, jusqu'à ne pas me reconnaître. Je mords mes lèvres, fort, jusqu'à ce que le plaisir s'en aille, que la douleur le remplace. C'est la guerre entre mon corps et moi, à qui vaincra.

L'hôpital des Enfants Malades a dû s'en apercevoir. Je ne réclame jamais de soins. Je ne demande rien. Moi-même, je ne suis pas sûre d'être là. Peut-être de passage. Éthérée. Sans corps en tout cas. Celui qu'on me prête me dégoûte. Je ne le touche pas. Je m'en suis débarrassée. Je l'ai laissé tomber. Abandonné. Je ne veux pas de moi – jamais. La rupture, je le sais, est irrémédiable.

Ma mère non plus, d'ailleurs, ne s'en occupe pas puisqu'elle aussi me préfère ange, comme il se doit. Certains jours mon corps appelle. Fait mal. Se venge quand je joue la sourde oreille et que ma mère ne l'entend pas. Il refuse qu'on l'ignore trop longtemps encore. Les malaises apparaissent. Je suis faible et j'ai mal. J'ai comme une bête en moi. Au beau milieu pour que je ne l'oublie pas. A la place de l'estomac. Ça tire. Ça tord. Ça fait comme un animal qui gémit. Ma mère diagnostique un nouvel « accès de faiblesse » et lève les yeux au ciel. Pas besoin de l'avis du dispensaire, de leurs conseils, de leurs leçons, de leurs menaces parfois même au contrôle du poids, elle sait ce qui lui reste à faire ; s'occuper de moi, me donner des bouillons frais, des vitamines ; en un mot me nourrir. Elle s'énerve. Ma mère accuse ce qu'elle appelle ma « petite nature », ou bien l'école qui m'inflige à tout bout de champ le piquet dans la cour au lieu de punir les plus solides.

Pourtant, les « accès de faiblesse » m'arrivent même au jardin quand ma mère m'envoie promener le petit frère pour des journées entières. Ma « petite nature », à nouveau, se manifeste. Sur les marches des arènes, je me recroqueville, ça tire moins, ça fait moins mal. Ça fait du bruit en moi, ça réclame. Ma mère, qui ne supporte pas la manie de l'assistante sociale de constater ma sous-alimentation à chaque contrôle de santé, ne tolère pas Marie-Sainte qui, elle, se mêle, en prenant le ciel à témoin, d'affirmer tout haut que je souffre purement et simplement de faim ! Cela ne se fait pas ! Est-ce que les arrière-grands-parents de ma mère qui avaient mangé des rats avec les Communards de la rue Mouffetard s'étaient jamais plaints ? Il y a des choses qui ne se disent pas. Voilà ! Reste bien le bonbon en papillote que le marchand de Vins Fins-Confiseur me tend chaque fois que je remplis les bouteilles à la tireuse mais dont j'ai bien trop envie, jour après jour, pour l'accepter. Le moindre de mes désirs déclenche l'alerte en moi, me laisse pétrifiée, sans voix. Je ne peux pas dire non. Le oui, non plus, ne passe pas. Ma gorge s'enfle encore une fois. Le marchand n'insiste pas. Il y a bien les bonbons que les satyres offrent derrière les gradins aux petites filles, mais il faut courir vite et avec le petit frère, ce n'est pas facile ; seule ma petite amie Pramile a mis au point une stratégie sans risque puisqu'elle a son grand-père, au centre des Arènes, parmi les boulistes. Moi, je mange les poires à cochons : les baies orange, brillantes comme des pommes miniatures, qui ornent les haies. Je mange par poignées les baies farineuses et aigrelettes que je ne donne pas au petit frère, pour lequel je réserve les bonbons rassurants des petites vieilles. Les oiseaux s'écartent en piaillant des buissons. Je suis insatiable. Vorace. Des mamans à landaus s'affolent de me voir faire, préviennent le garde.

– Une gosse s'empoisonne.

Mais peu importe l'alerte, je le sais déjà. Il y en a qui crient, qui s'apitoient... puis qui toujours passent.

XIX

– Je claque des dents.

C'est ce qu'affirme ma grand-mère, au risque de déclencher l'hilarité familiale puisque, des dents, il ne lui en reste plus qu'une. Devant. Évidemment avec les ans, son chapeau et sa poudre de riz ne lui assurent plus la même allure qu'avant. Elle a beau claquer de la dent, s'il n'y a plus de charbon à remettre dans le poêle en plein hiver, il fait zéro la nuit. Ma mère accuse ma grand-mère de dépenser sa quinzaine à acheter des fraises hors saison, à faire des achats de grande dame alors qu'il y a des ardoises chez les commerçants à ne plus oser passer devant. Puis c'est le Tonton qui prend puisqu'il vit au jour le jour des courses au PMU. Ne reste plus que le Payeur des allocations à attendre. S'il arrive à l'improviste, Chichinette fait disparaître le Tonton derrière le rideau de la cuisine pour ne pas qu'on lui supprime son allocation de Mère Seule. Moi, j'occupe le petit frère qui est capable d'appeler le Tonton Papa. Le regard noir de ma mère n'impressionne pas mon beau-père qui ne rectifie pas dans ces cas-là. Et puis, si le dernier n'est pas le fils de mon père, le premier non plus ! Voilà ! C'est le Tonton qui raconte tout devant moi quand il est en colère, et ça fait des scènes. Encore un autre père ? A la porte, le Tonton ! Dehors, le monstre ! Moi, je fais les comptes : ça fait donc un pour le premier, lui pour le dernier, et mon père pour le cadet et moi. Trois. Ma mère crie, s'indigne, nie et puis quelle importance ! Tous ses enfants portent le même nom, l'honneur est sauf. Jamais deux sans trois : c'est la formule de ma mère qui y croit ; la dynamique de toute création est dans cette symbolique. Est-ce sa faute si elle n'y échappe pas ? Elle ferait bien d'expliquer l'évidence aux institutrices de l'école qui ne s'y retrouvent pas, le petit frère pas davantage, et à force de ne pas savoir où il en est, il n'arrive ni à suivre, ni à lire, ni à écrire. Son illettrisme ira rejoindre celui – dont on ne parle jamais – de ma grand-mère. Le silence est la voie royale pour transmettre les secrets. Quoi qu'il en soit, avec sa sacoche d'allocations familiales qui pèse sur son épaule et l'essouffle jusqu'au quatrième, le Payeur est le père Noël même si ma mère prend l'air de rien, regarde à peine l'argent qu'elle ne tient d'ailleurs jamais dans ses mains et que le Payeur doit déposer sur la toile cirée.

L'argent, ma mère ne veut ni le devoir, ni le recevoir, à peine le gagner, de préférence le mériter, à la sueur de son front, comme lorsqu'elle lessive les murs des chambres de l'hôtel Vendôme. Ce qu'elle gagne en orgueil, elle le perd en fierté : à ses retours des champs de courses, le Tonton qui a souvent de la chance avec As placé ou gagnant constate que la belle Chichinette, à moins de quarante kilos, devient un squelette. Si ma mère est payée à la journée, ma grand-mère à la quinzaine, moi c'est à la semaine. Le jeudi est mon jour de paye. Depuis que je refuse au Tonton le lit hebdomadaire, il s'arrange pour me glisser une pièce. Il achète mon silence. L'exiguïté lui permet à tout instant de se frotter, de me tripoter à volonté, de me coincer de préférence quand j'ai les mains dans l'eau de vaisselle, quand je porte le petit frère, ou chaque fois que je ne peux pas bouger. Il ne domine plus ses rages lorsque j'échappe et il passe aux représailles. Les insultes ne se comptent plus, je suis une petite garce, il n'est qu'à voir comme on se retourne sur moi dans la rue. D'ailleurs, je prends mauvais genre : il affirme surprendre des regards que je rendrais au boucher, au charcutier, à tous les commerçants, les mâles sifflent sur mon passage le long de la rue Mouffetard. Ça fait scandale. Je crée l'émeute dans le quartier. Je suis un danger ! Il s'étouffe. Il faut m'enfermer. Ma mère met la radio plus fort pour le faire taire. Elle sait fermer les yeux, mais pas les oreilles. Alors, cela la gêne. A qui voudrait se plaindre, dénoncer ce qui se passe, révéler l'intolérable, il convient de rappeler la règle de délicatesse :

– On ne rapporte pas !

Voilà. La morale est nette et sans appel. Ce n'est pas mon demi-frère aîné qui contesterait la discrétion familiale, lui qui, selon ce que ma mère appelle ses états instables, peut se mettre soudain à me frapper jusqu'à me laisser inerte.

– On ne rapporte pas !

Depuis que je suis jeune fille, ma mère m'évite. Nos regards se fuient. Je me fais toute petite. J'essaie de ne pas grandir, de ne pas entendre dire que je deviens belle quand, au jour le jour, elle s'abîme, se fatigue. Je ne sais plus si c'est d'elle ou de moi que j'ai honte quand je la regarde.

Craindrais-je d'être rivale, je pourrais compter sur les appréciations invariables du père Léon posté derrière ses fenêtres du rez-de-chaussée – fusil déchargé à l'épaule et sans danger affirment les voisines – et qui maugrée entre deux hallucinations éthyliques que les petites rousses sont moches et qu'elles puent la pisse. Sortir, c'est risquer des scènes ; s'attarder dans nos quinze mètres carrés mansardés, c'est risquer le regard de ma mère : je reste assise sur le palier avec le recours des scoubidous dont je tisse les fils multicolores des après-midi entières jusqu'à l'heure des odeurs de soupe, des maniements d'ustensiles, des conversations entrecoupées de bruits d'assiettes.

On me dit solitaire, rêveuse, ce ne peuvent être que mes treize ans qui le veulent. Les camarades de classe sont dans l'enseignement secondaire, et si je me tiens en retrait à la sortie du lycée Montaigne où j'attends mon amie qui n'a plus le droit de me fréquenter c'est que, sans nul doute, à me voir, chacun peut savoir que je suis redoublante dans les classes de transition du primaire et qu'on me destine au métier de corsetière. Je suis la lie de la société ; l'institutrice en est sûre, le répète à toutes les élèves de transition pour lesquelles c'est pareil.

La lie ? Pas besoin de chercher à me procurer un dictionnaire. Les fonds de bouteille, je connais. Bref, je suis un déchet. Les humiliations de l'école, je les ai toutes expérimentées. Aucune ne m'a échappé. Ni physique ni psychologique. Je suis une experte, je peux les commenter. Les détailler. En raconter les raffinements, les subtilités. Là-dessus, on peut m'interroger. Ma mémoire saurait les réciter si elle ne devait pas tout effacer, tout nier, refuser d'engranger les humiliations qui, même enfouies, rongent l'esprit, les humiliations qui jamais ne guérissent ni ne cicatrisent. Je ne saurai jamais écrire. La lie ? Je ne pourrai jamais dire. A tous les mots, il y a faute. Les lettres se troublent, s'effacent. L'orthographe me fait défaut. La faute nargue sur la page. Zéro. Les mots se dérobent. J'ai beau relire, m'appliquer. Apprendre le dictionnaire même ne me mettrait pas en règle. Toujours, je serai dernière. Faute incontrôlable que chacun à tout moment peut révéler. Dont chacun à tout moment peut s'apercevoir. Aucun examen, aucun concours ou succès ne m'en délivrera. Faute partout. Toujours. Je suis traquée. Coupable. La faute est là. Irrémédiable.

La radio ne s'arrête jamais. Sauf la nuit. La maison sans bruit, c'est signe de malheur, de maladie. Ma mère chante devant la glace. Se regarde. Ses paroles couvrent celles de l'interprète. Elle vibre. Mime. Elle n'a pas le choix. Son visage se défait. Ses mains tremblent comme lorsqu'elle venait autrefois me chercher dans mon lit… « ce soir, ma chérie, papa n'est pas là… » aux premiers mots de la chanson, ma mère m'étreignait à me faire mal. Ses paroles disaient l'absence, la souffrance. Suffocante. Elle valsait à mille temps dans la pièce en me serrant contre elle. Puis la musique s'arrêtait. Ma mère me recouchait.

A tue-tête, Chichinette chante tout ce qu'elle ne peut pas dire. Elle se bouleverse, chavire. Pour un instant, ma mère est sur scène. Triomphante. Elle-même. Sa voix bientôt s'éraille. Se casse. Les cordes vocales la trahissent. La volontaire se brise. Trois minutes pour tout vivre. Tout ressentir. Fini. Ma mère reprend son silence. C'est le moment d'affronter le calme qui envahit la pièce le soir, quand plus aucun bruit ne protège, sauf les ronflements de ma grand-mère avec laquelle je partage le lit, mais pas la « tête » d'oreiller. C'est le moment d'affronter le calme, quand plus rien ne dérange la nuit, sauf les plaintes de la « Reine mère » à propos des punaises qui nous laissent des cloques rouges sur la peau le matin. Elle peut toujours geindre, affirmer qu'à son âge les punaises risquent de lui être fatales, qu'elles lui prennent le peu de sang qui lui reste, personne ne se lèvera. On sera bien contents, tous, quand elle ne sera plus là ! L'aïeule se débat seule avec ses « cannes » de toux. Elle ne connaît pas d'autre fin convenable que celle de la Dame aux camélias et s'entraîne à la phtisie chaque fois qu'on la contrarie.

Si ma grand-mère – que ma mère en hommage à son sens du drame surnomme Sarah Bernhardt – redoute les punaises, ma mère est pétrifiée par les cafards. Elle dit qu'elle supporte tout, mais pas ça. Moi, je ne m'affole pas puisque l'objet du « tout mais pas ça » change à chaque fois et puis, moi, je n'ai pas connu Versailles, la vie bourgeoise, les week-ends à Montfort-l'Amaury, les pauses photos sur le marchepied de l'automobile, l'acquisition grand-paternelle du garage de la rue du Cardinal-Lemoine, ni même la faillite... Ma mère ne supporte pas les cafards qui sortent et grouillent dès qu'on éteint la pièce. La répulsion est plus forte qu'elle. Elle a beau respecter la vie, la nature, les animaux, les insectes : les cafards, ce n'est pas pareil.

On peut pourtant compter sur Chichinette pour recueillir tous les perdus de la terre ; chien battu, chat abandonné, pigeon blessé, ce n'est pas parce qu'on n'a pas de place qu'il ne faut pas secourir les bêtes. On peut bien ajouter une écuelle !

Je guette le moindre bruit qui repousserait la nuit. Je me rassure des mouvements de la rue, du vacarme des camions de livraison, de tout signe familier qui détourne mes pensées. Le silence est violent. La solitude me panique, me fait craindre la folie. Certains soirs, ma mère râle même après le silence qui fait trop de bruit : Est-ce qu'on l'entend ? Elle dit qu'on ne peut jamais être tranquille. L'obscurité menace. Les pensées grouillent en même temps que les cafards dans le noir. Ça chahute dans mon corps et dans ma tête, ma gorge se serre, m'empêche de crier, d'appeler à l'aide. Je suis nouée, étouffée comme à deux ans lorsque j'ai failli mourir de la diphtérie. J'ai peur de l'angoisse, du délire. Je voudrais me lever, m'en aller, me soustraire aux bouffées de fièvre qui m'oppressent. Fuir à tout prix comme autrefois lorsque ma mère craignait les crises de mon père, redoutait son mal qui le mettait à terre, nous plongeait dans l'effroi, la panique. Ses crises ne se nommaient pas. Ma mère parlait à voix basse, fermait portes et fenêtres, s'affolait. M'éloignait. Trop petite pour voir, pour savoir :

– Va jouer, ma Reine…

Ma mère chuchotait des syllabes secrètes, des formules qui pétrifient. Des diagnostics qui jettent comme des anathèmes à étouffer, à faire taire, qui jettent des malédictions sur les générations… DELIRIUM TREMENS… Je ne suis rien.

– Va jouer, ma Reine…

Des rêves me mènent sur des voies qui m'engluent, des chemins sans repère. Des royaumes sombres, sans issue. Des mystères affolent mes nuits. Pourquoi est-ce que je vis ? J'erre çà et là. Dérisoire. Princesse de nulle part.

XX

La Seine a envahi les berges. Les vagues clapotent sur les pavés des quais. Le fleuve est large, puissant au centre de la ville. Les mouettes suivent le courant. Le brouillard voile les façades des rues riveraines d'où ne perce que l'éclairage jaune des réverbères. La nuit me plaît. Le froid, les arbres nus et tristes, les mouettes qui crient aussi. J'ai l'âme triste, lyrique, un crayon, un papier dans ma poche pour la poésie. J'ai trouvé le goût du malheur, l'ivresse de la douleur, quelque avantage à aimer ce qui ne me lâche pas, ce qui en toute circonstance m'accompagne. Je découvre les mots, l'impression que vivre n'est que consommer, la certitude qu'écrire c'est savourer. J'ai quitté les copains des Arènes, la bande de la Mouff qui me trouve bizarre.

On me préférait garçon manqué, frondeuse,

dans le rôle de la dernière de la classe, dans le rôle du pitre qui reçoit toujours en contrepartie le prix de la camaraderie, dans le rôle du contre-exemple, de la grande redoublante en section dépotoir qu'on exhibe dans les classes des plus jeunes destinés au lycée afin de dissuader, de bien montrer qui-il-ne-faut-pas-être.

L'hiver, les mouettes envahissent le quartier des quais, elles vont jusqu'au Luxembourg, virevoltent au-dessus du bassin gelé, attrapent en vol le pain que lancent les enfants. Je les observe quand je travaille le dimanche après-midi aux sulkys dans les allées réservées aux voitures à pédales et aux ânes. Sur les quais, je suis chez moi. Les bouquinistes m'ont vue grandir. Le fleuve transporte les convois de péniches qui glissent, immobiles. Les drapeaux flottent et les longs sillons tracent de vagues invitations au voyage. Si l'hiver le brouillard m'apaise, je viens l'été pour les fleurs de pierre, pour les pousses entre les pavés, pour les fleurs de berges qui émeuvent ma mère.

Du pont de l'archevêché, j'aperçois sur la rive gauche les fenêtres derrière lesquelles mon père est né ; de l'autre côté, sur la rive de l'île Saint-Louis, l'immeuble de ma grand-mère maternelle. C'est sur la passerelle frêle qui relie l'île à la Seine que je nais. Notre-Dame est ma chapelle. Les berges m'appartiennent. Comme la place Contrescarpe, à Roland le clochard. S'il n'a pas de toit, il a un trottoir. A lui. Un bitume. Un pavé. Ça sent le fleuve et le vent frais. La Seine me tient. Mon histoire coule entre ses berges. Près de ses rives, je ne crains rien. Il suffit de remonter le regard vers l'amont, jusqu'à l'horizon pour deviner, là-bas, la mer sous le ciel. Sur le pont de l'Archevêché, pour qui regarde bien, l'immensité n'est jamais loin.

XXI

Le promoteur est arrivé. On s'en doutait. Les Pramile, les Abd-el-Kader, les Berger sont déjà partis. Le businessman ne peut pas entrer faute de place pour refermer la porte derrière lui. La pièce est au complet puisque Chichinette abrite la Petite Mère Renée que son mari a jetée dehors, et qu'elle a mis une assiette de plus à table pour Huguette qui a bu, pauvrette, parce qu'elle n'a pas mangé, et puisque mes frères sont à la maison en fin de semaine. Le promoteur n'en espérait pas tant tout de même. Ma grand-mère lui offrirait bien un doigt de porto si elle en avait, elle qui recevait à Versailles et en parle comme si elle avait côtoyé le Roi Soleil. Elle a décoré la table d'une pièce de drap blanc dont elle dissimule les « taches propres » à l'aide des plats. Ma mère connaît les bonnes manières qui parfois, s'imposent à elle ; c'est ainsi que chez sa patronne j'ai avalé le pamplemousse à m'en lever le cœur, et remercié tant que j'eus droit à la deuxième moitié : qu'importe l'amertume définitive du souvenir, l'important est de ne jamais déplaire, de permettre à ma mère d'être fière de ma force de caractère.

Le « prometteur » s'est mis à l'aise devant ma grand-mère, a desserré sa cravate, face à elle qui a appris à ne jamais se déganter devant un inconnu. La voix grave, la silhouette large impressionnent la pièce. Dans sa sacoche, l'homme a de quoi offrir le rêve. Ma grand-mère s'apprête à remercier la loterie nationale, se félicite d'avoir quoi qu'il arrive acheté son billet hebdomadaire, même si ma mère la détrompe en lui criant à l'oreille que le « Monsieur veut qu'on aille en banlieue ».

Les cités, ma grand-mère ne sait même pas ce que c'est ; ça fait trente ans, depuis Versailles, qu'elle n'a pas quitté le cinquième arrondissement de la capitale. Le plâtre s'effrite sur le beau costume du monsieur coincé dans l'angle mansardé. Son regard inspecte, met en garde contre le grillage de la fenêtre qui visiblement ne tient pas et pourrait faire basculer le plus jeune s'il s'y appuyait. La famille est en danger. Les passants aussi, mais il peut continuer à l'ignorer, puisque ma mère ne raconte pas tout ce qui tombe par la fenêtre – surtout quand on en arrive au fer à repasser. Il faut dire que la gouttière n'est pas fiable.

Les paniers de cloches en chocolat que ma mère dispose chaque année à Pâques sur la gouttière ont repris, à l'aube, l'envol censé les faire venir. Fini les nids de Pâques et les surprises ! Le passage du promoteur, c'est encore mieux que les cloches de Rome. Il est le Messie. Lui, il est carrément envoyé du ciel. Il va nous sortir de là. Miracle. Il blague. Il trinque, frotte le bord du verre à moutarde comme on fait chanter le cristal. Il détend l'atmosphère, admire les bouquets d'anémones autour du portrait de mon père qu'il compare à un acteur de cinéma, félicite ma mère de sa grande fille, Princesse de la rue Mouffetard à promouvoir au titre de Reine comme l'exigent la grâce de mes mains longues et fines, mon allure pour laquelle on taira les exercices de démarche avec dictionnaire sur la tête, puisque l'essentiel est d'avoir l'air sans en avoir l'air.

Le promoteur est bien renseigné. Il n'a pas besoin de ses fiches pour se rappeler l'ancienneté de notre famille dans le quartier. Il cite une aïeule communarde, papetière rue Mouffetard, le père de ma grand-mère, garde républicain à la caserne Monge pendant la guerre : ma grand-mère, semble-t-il, a consenti, pour le monsieur-comme-il-faut, à d'exceptionnels inédits qui me laissent incrédule, bouche bée. Il flatte, suggère un arbre généalogique dont pourrait s'enorgueillir la mairie. Une de nos branches est, à elle seule, la mémoire de la rue Mouffetard. On mérite bien l'eau courante. Les toilettes même. La salle de bain, qui sait ? Les trois pour le prix d'un, et puis des chambres, et des murs propres...

– Signez là.

Ma grand-mère n'entend pas et n'entendra pas : il ne sera pas dit ainsi qu'elle ne sait ni lire, ni écrire. Et puis, on ne parle pas de Versailles, du buste de son beau-père ; notre arrière-grand-père notable, officier de la Légion d'honneur, en bonne place à la mairie pour ses créations sociales alors, cela ne l'intéresse pas.

– Signez là.

Fini la rue Mouffetard ! Arrière le moyen âge, les ruelles étroites, les petits commerces d'un autre âge ! A nous le monde moderne. Les supermarchés et les tours. Le promoteur fait des grands gestes qui inquiètent ma grand-mère. Est-ce que c'est le propriétaire qui vient réclamer le terme ?

C'est sa hantise mensuelle puisque c'est elle qui paye et qui craint les scellés, les huissiers, les expropriations que le quartier a déjà assez vues comme ça.

Huguette met son grain de sel. Si on veut nous mettre sous les ponts, c'est trop tard ! Il n'y a plus de place depuis que le président de la République a décidé que ce sont les voitures qui y passent ! Elle s'énerve :

– On n'ira pas sur voies sur berge !

Cette fois, la grand-mère acquiesce. La petite Renée répète qu'il ne faut pas aller dans les « clapiers », qu'Ils ont déjà envoyé la grosse Raymonde à la Grande Borne et qu'elle boit au moins un litre de plus qu'avant dans sa tour d'Ivry, entre l'autoroute et les champs. C'est à qui maintenant donne son avis, polémique, hésite, pose des choix métaphysiques : Les voies sur berge ou les tours d'Ivry ? Le Tonton relève sa casquette, accentue ses allures de souteneur et sa mine patibulaire. Je reconnais le signe inquiet de ma mère qui signifie l'interdiction au Tonton de mettre encore tout le monde dehors. La voix du caïd est ferme :

– Les banlieues, jamais !

D'abord comment est-ce qu'on ferait pour le muguet ? Comment est-ce qu'on ferait, le Premier

Mai, pour retrouver le pactole annuel qui rapporte plus que le tiercé, plus que l'As placé ou gagnant ? Il est décidément suspect, l'homme d'affaires qui ne connaît pas les gros coups, pas même les halles où l'on achète les cageots en gros, les bouquets par centaines, les brins porte-bonheur revendus dans les rues ou aux sorties de métro dès l'aube.

– De toute façon, vous ne pourrez plus payer !

A-t-on jamais entendu dire que les appartements se vendent au mètre carré ? La petite Renée pousse des cris. Le businessman traduit nouveaux et anciens francs à ma mère éberluée. Ça fait trop de zéros, on renonce à compter.

– Les banlieues sont créées en faveur des gens…

S'il sollicitait ma grand-mère pour nous qualifier, elle soufflerait « désargentés ». Qui prétend que la politique immobilière va séparer les voisins de quartier ? Huguette maugrée. Tout le beau monde en route pour les cités ! Les ghettos ! Pire que l'exode ! Elle susurre déjà l'avenir des responsables, prophétise : Ils ne l'emporteront pas au paradis !… Ma mère se tait. Le silence est le plus grand des mépris. Cela crée un instant tranquille dans la pièce qui permet d'entendre Marie-Sainte rigoler à côté.

Quand on la rabaisse, ma mère, sa nuque s'étire,

sa tête se redresse. Altière. Elle semble lointaine, éthérée comme sur les photos en costume de figurante au Châtelet. Abîmée. Moi, je reste cachée derrière le buffet. L'aîné en profite pour se resservir et oublier le droit de ma grand-mère à la cuisse de poulet. La petite Renée qui a trop biberonné pleurniche toujours dans son assiette comme si c'était elle qu'on expulsait. La pauvre n'a pas eu de chance de naître avec des cheveux noirs crépus, qui lui ont valu toute sa vie d'être regardée de travers par son père et sa mère, rappelle invariablement Huguette. J'ai chaud, j'ai honte à ne plus savoir de qui, de quoi. Je n'aime pas le regard des étrangers à la maison. Je pense aux cafards. La journée, on ne les voit pas.

L'homme nous regarde comme, ma mère, les cloportes qu'elle écrase le soir.

– Faut pas se laisser faire !

C'est ce que répète Huguette qui élève le ton pour couvrir les chansons de la radio. Le promoteur n'est pas chez n'importe qui ! Elle désigne, sur l'étagère, la médaille de travail de ma grand-mère attestant de sa régularité professionnelle d'un demi-siècle exercée chaque matin à la même heure et sans réveil ! La médaille de résistant de mon père engagé dans le maquis du Vercors à dix-sept ans. C'était bien la peine de combattre les Allemands. Qui est-ce qui nous chasse, maintenant ? Le promoteur lève son verre à la santé de Renée et d'Huguette pour les faire taire.

Allez ! Il y a de l'avenir dans les cités ! Ma mère doit signer. Le chien de Renée grogne, aboie sous la table et Huguette ricane, affirme que c'est mauvais signe.

– Il faut penser à votre jeune fille !

L'homme me désigne. Lui aussi assure qu'à quatorze ans, princière, je promets. Il s'y connaît. Moi ? Je ne suis pas là. Loin. S'il le fallait, mon frère rappellerait que je compte pour du beurre. Ma mère dirait que je suis « dans les nuages ». Princesse d'ailleurs. Qu'importe que l'on déménage ou pas. Trop tard. Le promoteur parle vite, pressé de prendre congé. Mon avenir est tout entier dans ma mémoire. J'ai rencontré un regard. Je le suivrai. Bleu. Couleur de mon père. De ceux qui vous élèvent, vous enlèvent, vous promettent le ciel. Ma mère s'est levée, a augmenté le volume de la radio comme si elle devait à tout prix se remettre à chanter. Je le sais déjà : mon histoire me trouvera sur les chemins que je prendrai pour l'éviter. Implacable. La porte claque. Voilà. Ma voie est étroite. Ma gorge serrée. A hurler. Ma grand-mère fait son signe de croix. Les princesses ont un destin. Il sera une fois… La rue Mouffetard connaît le mien. Ma légende peut commencer.

DU MÊME AUTEUR

Rousse comme personne
Éditions Stock, 1990
(Prix Georges Brassens)

En danger de silence
Préface de Boris Cyrulnik
Éditions Robert Laffont
Collection « Aider la vie » 1999
Éditions J'ai Lu, 2000

L'Amour et ses chemins
En collaboration avec Jacques Salomé
Éditions Pocket, 2000

Les liens du sens
Préface de Boris Cyrulnik
Éditions Ramsay, 2003

Cet ouvrage
réalisé pour le compte des Éditions Phébus
a été mis en pages par In Folio,
reproduit et achevé d'imprimer
en avril 2004
dans les ateliers de Normandie Roto Impression s.a.s.
61250 Lonrai
N° d'imprimeur : 041025

Dépôt légal : janvier 1997
I.S.B.N. : 2-85940-456-2
I.S.S.N. : 0992-5112